JN176730

詩のなぐさめ

詩のなぐさめ

池澤夏樹

岩波書店

目次

I

II

III

装幀―佐藤篤司

初出＝『図書』二〇一二年四月号―一四年一二月号

I

イェイツの詩と引用の原理

詩という部屋は敷居が高い。

人がなかなか入っていかないのだ。

友だちと最近読んだ本の話をしていても、詩集が話題になることはめったにない。たまに詩の話をできる相手がいたと思えばそれは詩人だったりして。

これはもったいないことだと思う。詩はこの憂き世を生きてゆく上でずいぶん役に立つものだから。

よくできた小説はあなたをまず別の世界へ連れてゆき、そこでちょっとした冒険をさせて、やがて日常に戻してくれる。それは『ハックルベリー・フィンの冒険』でも『源氏物語』でも『薔薇の名前』でも『野火』でも変わらない。そういう方法で人に一定の満足感を与えるのはさほどむずかしいことではない。だから、(自分も小説を書く身でありながら)小説というのはどこかちょっとずるいと思う。映画とゲームはもっとずるいけれど。

それに対して、詩は今いるところであなたの心に作用する。知性に働きかけ、感情によりそい、あなたは独りではないとそっと伝えてくれる。だから詩を読むことを習慣にするのは生きてゆく上で有利なことである。

独りではない、というのは例えば初恋の場合を考えれば誰でもわかるだろう。特定の異性に(同性でもいいけれど)しきりに目が行って気持ちが落ちつかない。仕事が手につかない。心の病気かと思ってうろうろおろおろ。そういう時に藤村の「初恋」など読むと、これは誰の身にも起こることだとわかって安心する。みなが共有する体験に我が身を託することができるように思う。今でも人はそれくらい純朴であると信じよう。

自分自身のことで言えば、震災の後でぼくに指針を与えたのは「深草の野辺の桜し心あらば今年ばかりは墨染めに咲け」という『古今和歌集』の和歌だった。華やかな桜はいらない。薄墨色に咲いてくれた方が今の気持ちにふさわしい。そうは言っても桜は派手に咲き、結局はその色になぐさめられた。

ポーランドの女性の詩人、W・シンボルスカの詩「終わりと始まり *Koniec i początek*」は事態の理解を助けてくれた——

戦争が終わるたびに
誰かが後片付けをしなければならない
何といっても、ひとりでに物事が
それなりに片づいてくれるわけではないのだから

誰かが瓦礫を道端に
押しやらなければならない
死体をいっぱい積んだ

荷車が通れるように

…………

（沼野充義訳）

東北の被災地をうろつきながら、この和歌と詩によって自分の心を律していた。この災害は初めてのことではないしこれが最後でもない。今回の災厄を普遍性の中へ解き放つことによって自分たちは独りではないと納得する。身内を失った時には歌集の中に無数の挽歌・哀傷歌がある。柩を乗せた車を挽く歌によってなぐさめを得る。

そこにあるのはたぶん引用という原理だ。己の境遇を嘆く時に、遠い時代の、遠い土地の誰かの思いを自分の上に重ね、これは誰の身にも起こることだと知る。そのための遠隔通信装置として詩というものがある。遠隔救命装置かもしれない。

引用は軽い。本当に一つの思想を理解し、すっかり自分のものにして、それを中心に据えて自分のものの考えかたや生きかたを構築するのではない。大岡信の一篇はレヴィ＝ストロースの構造主義に匹敵するものではない。それでも『春　少女に』の詩の一つを知っていると、ちょうど壁に一枚のクレーを飾るように、なぐさめられるのだ。

先に詩を習慣に、と書いた。ちょっと暇ができた時に手近に置いた詩集を手に取る。どのページでもいいから開いて言葉の列を辿る。詩はそっけない。冒険小説のように親切に手を引いてどこかへ連れていってはくれない。はじめは少しは努力してこちらから近づくようにしなければならない。

詩は少ない言葉で多くのことを伝える技術である。いわばコンピューター用語でいうところの圧縮が掛けてある。解凍しなければならないわけだが、その方法は簡単。一度で済ませるのではなく二度か三度読めばいいのだ。もともと短いのだから時間はかからない。それでびんびん心に響いてこない詩はたぶん今のあなたには向かないから、ひとまず捨てて別の詩の方へ行った方がいい。もっとも世の中には非常に高度の圧縮が掛けてあって、解凍の過程そのものが楽しみという詩もある。世に難解と言われるのはそういうことだ。例としては李賀を挙げておこうか。

こういう実にいい加減な指針に従ってしばらく詩を読んでいきたいと思う。詩の本が多いのが岩波文庫のいいところで、いわばそこは花の咲き乱れる庭園である。ここから手当たり次第に花を摘んで自分の部屋に持ち帰ることにしよう。

もう一つ比喩を重ねれば、この庭園は日本のような湿潤にして温暖なモンスーン地帯にあって安楽に繁茂しているのではなく、沙漠の乾燥地帯にあってそれでも果敢に花を咲かせている。詩を取り巻く環境はそのくらい厳しい。

沙漠の庭園。ぼくの体験でいえば、イランで乾ききった荒野を延々と走って辿りついたイスファハーンの市街がそうだった。本当にみずみずしくて美しいところ。あの町について、「イスファハーンは世界の半分」という詩句がある、「イスファハーン・ネスフェ・ジャハーン」。この町を見たら、もう世界を半分見たも同じ。声に出して韻を強調して言うと気持ちがいい(たまたま日本語でも「ハーン」と「半」が響き合う)。この一行がそのまま詩である。そして誰でも自由に引用できる。どこかで本当に美しいと思う町を見たらこの一句を思い出そう。

というわけで、岩波文庫の詩の本の中から勝手に花を摘んで自分の部屋に飾るという連載を始める。

詩を花に喩えるのは古代ギリシャ以来の伝統で、だからギリシャ語では多くの詩人の作品から優れた詩を集めた本を「アントロギア」、すなわちロゴス(言葉)のアンティ(花)と呼ぶ。「詞華集」という訳語はなかなかうまいと思う。

きっかけは先日たまたま名古屋で一泊した際、手元に読むものがないと気づいてパニックになり、全館ギャル系の衣類と装身具という不思議なデパートの上の方にある大きな書店へ行ったことだった。そこで棚を満たす岩波文庫に出会った。

敬愛する高松雄一さんの訳というのでひょいと手に取ったのがこれまでまったく知らなかった『対訳イエイツ詩集』。

開いたページにこの詩があった――

[41] 三つの運動

シェイクスピアの魚ははるかな沖を游《およ》いだ。
ロマン派の魚は手繰《たぐ》られる網の中で游いだ。
岸に放り出されて喘《あえ》いでいるこの魚どもは何だ?

立ち読みして、その場に立ち尽くした。つまりぼくはこの詠嘆を共有できると思ったのだ。今の時代に我々が書いている詩のようなものは、あれは何だと迫る途中に、シェイクスピアから現代に至る中間地点にロマン派を立たせる。網の中で手繰られる魚って、うまいなあと思う。この三段論法で構図ができて沙翁と我々の位置関係が明確になる。それにしても、岸でじたばたもがく情けない魚とはよくも言ったものだ。

言うまでもなく訳がいい。この『イェイツ詩集』は対訳だから左ページに英語の原文があるのだが、その語感が見事に日本語になっていて、しかも韻まで踏襲されている(韻は踏むものだから「踏襲」はたぶん正しい表現だろう)。

人はしばしば自分が生きている時代を嘆き、かつてはもっとよかったと言う。古代のギリシャ人は、金の時代、銀の時代、青銅の時代を経て今は鉄の時代だと言った。同じようにここでは詩の歴史が段階を経て語られる。

シェイクスピアが別格というのは明らかだ。人間の感情というものはあの人が発明したのではないかと思うことがある。それは言い過ぎだとしても、ギリシャ悲劇の世界と比べてシェイクスピアの感情のスペクトルは数倍広い。

人は感情は自ずから湧くものだと思っているが、実際には与えられたパターンの中から選んで身にまとっているのではないだろうか。シェイクスピアはそのパターンをたくさん用意してくれた。つまり、我々の感情さえも実は引用の原理の上に成り立っていると言えるわけだ。

もっと深刻に創作者の苦しい立場を伝える詩もある——

［44］ 選択

人生を完成させるか、仕事を完成させるか、
人間の知性は否応《いやおう》なく選ばねばならない。

もし第二の道を選ぶなら、天の宮居《みやい》を
拒み、暗黒のなかで荒れ狂わねばならぬ。
つまるところ、どうなる？
うまくいこうといくまいと痕跡は残る。
あの相も変らぬ困窮が、空っぽの財布が、
でなければ、昼間の自惚《うぬぼ》れと夜の悔恨が。

この詩は、自戒のために手で書き写して壁に貼っておこうかと思うほど迫る。通俗と孤高の間で身の置き所を探して迷う自分が重なって見える。ぼくだけでなく売文業に勤しむ者すべてがそう思うことだろう。

ここでイェイツが何者であるかは説明しない。それはこの本の周到な「解説」を読んでいただければわかるから。その代わりに「解説」から彼の言葉をもう一つ紹介しておこう。詩についてこんなうまいことはなかなか言えるものではない、と思いながら——

「われわれは他人と口論してレトリックをつくり、自分と口論して詩をつくる。」

岑参《しんじん》の「胡笳《こか》の歌」と憧れの原理

文化を動かしているいちばん強い力は憧れである、ということに先日気づいた。今ごろになって気づくとは迂闊なことであったと思う。

ことのきっかけは丸谷才一さんの文化勲章受章だ。めでたいことであり、祝いの席が何度か設けられた。その一つではしなくも祝辞のようなものを口にする機会を得て、考えたあげく、丸谷さんの文学の中に見える一つの傾向のことを話した。それは、中心への憧れ、ないしは中心へ向かう運動性ということだ。小説家であると同時に文芸評論から日本文学史までを論じる姿勢に一つの軸が見える。それが都への憧れ。

これは順序が逆かもしれない。日本文学史を論じるのに基点となるのはどう考えても平安朝の宮廷を舞台にした女房文学だろう。あの時期が最高だったとすればそこを見る視線には憧憬の念が混じらざるを得ない。

それは丸谷さんの小説にも力を及ぼしていて、だから『女ざかり』の弓子は首相公邸の奥深く入り込んだのだし、それが不徹底だから(と丸谷さんが考えたかどうかはともかく)、『輝く日の宮』では遂にヒロインを藤原道長と紫式部の閨にまで侵入させている……ということをスピーチで言いたかったのだけれど、なにしろ人の前で話すのは不得手だし準備は不足で、しどろもどろ龍頭蛇尾で終わった。

先週になって、丸谷才一における都憧れ姿勢を証明する一文に再会した。祝辞のメモを作っている時にこれを見つけていればすこしは会場でかっこよく話せたのに、と思ってももう遅い。

日本近代の私小説は中世の隠者文学の流れを汲むものであるという謬説があって、「日本文学のなかの世界文学」という論(『梨のつぶて』所載)の冒頭で丸谷さんは、それは間違いであると論破を試みる。「藤原俊成にはじまる歌人たち、連歌師たちの作品を私小説と比較」した上で、その相違点を「たとえば前者においては知性の操作という性格が濃く、後者ではそれがきびしく拒否されていることとか、前者では艶なる風情が重んじられているのに、後者ではむしろそれが排除され、嫌悪されていることとか」と書いた後に決定的な判断が示される──「宮廷文化への憧れが彼にはあり、我にはなかった」と。ご当人はもちろん前者の側に身を置いておられる。

いや、言いたいのは宮廷文化に限らず、何かへの憧れが文化を駆動するということなのだ。憧れとは距離を含む概念である。彼方にあってここにはないものへの強い思い。隔たりが生む恋情。

ぼくの場合は憧れる対象は都ではなく辺境だった。丸谷さんとは方向が逆である。

これはもう持って生まれた性格のようなもので、自分でもどうしようもない。『枕草子』をちゃんと読む前に『デルスウ・ウザーラ』に走ってしまった。中島敦には『李陵』とか『光と風と夢』とか、まず遠いところに行く話から入った。その後、自分でもやたらに旅を重ねて三年前には南極大陸の周辺まで行った。その一方、平安期の王朝文学には今もってまことに暗い。

中国が大きな国であることは誰もが知っている。我々日本人の大国コンプレックスはここから生まれた。

試みに日本列島をそのまま西南西に二千キロほど平行移動してみると、北海道が山東半島付近に重なり、鹿児島はベトナムとの国境のあたりにちょうど重なる。日本列島は狭くてほとんど中国の海岸線をなぞるだけの幅しかないが、そこから西へ延々と奥深いのが中国だ。現代の領土面積で考えても二十五倍以上。

現代の我々は中国のこの西への奥行きをあまり意識していない。大航海時代以来、世界は海上貿易と海軍によって動かされてきたから内陸国にはなかなか出番がなかった(ロシアという国があれだけ大きいのに近代史の中でもっさりした印象しか与えないのは冬も使える良港がなかったからではないか?)。

中国は海の側から西欧の列強や日本に侵蝕され、それに対抗するために近代に至って国土の重心を東へ移した。上海も香港も海に沿っているし、北京だって天津の港から百五十キロしか離れていない。しかし、かつて長安の都は東の海から千キロの内陸部にあった。明の時代にわざわざ西安と呼び替えなければならないほど西にあった(明の首都はずっと東の南京と北京だ)。

これは中国がはるか西の方で栄えていた時期の詩である。

胡笳歌送顔眞卿使赴河隴

胡笳《こか》の歌　顔真卿《がんしんけい》の使いして河隴《かろう》に赴くを送る　　岑参《しんじん》

君不聞胡笳聲最悲　　君聞かずや　胡笳の声最も悲しきを

紫髯緑眼胡人吹
吹之一曲猶未了
愁殺樓蘭征戍兒
涼秋八月蕭關道
北風吹斷天山草
崑崙山南月欲斜
胡人向月吹胡笳
胡笳怨兮將送君
秦山遙望隴山雲
邊城夜夜多愁夢
向月胡笳誰喜聞

紫髯緑眼《しぜんりょくがん》の胡人《こじん》吹く
之を吹いて一曲猶《な》お未《いま》だ了《おわ》らざるに
愁殺《しゅうさつ》す　楼蘭征戍《ろうらんせいじゅ》の児《じ》
涼秋《りょうしゅう》　八月　蕭関《しょうかん》の道
北風《ほくふう》吹き断つ　天山《てんざん》の草
崑崙山南《こんろんさんなん》　月斜《なな》めならんと欲す
胡人　月に向って胡笳を吹く
胡笳の怨み　将《まさ》に君を送らんとす
秦山《しんざん》　遥かに望む　隴山《ろうざん》の雲
辺城《へんじょう》　夜夜《やや》　愁夢《しゅうむ》多し
月に向う胡笳　誰か聞くを喜ばん

『唐詩選　上』

詩人は岑参。盛唐の人で、七一五年に生まれて七七〇年に亡くなった。楊貴妃の話で知られる安史の乱が始まった時は四十歳だった(自分はこの時代について何も知らないと気づいて、基礎事実をいちいち確かめながら読んでいる)。

友人である顔真卿が今の甘粛省の東にある河隴というところへ公務で赴くのを送る詩。顔真卿は大人物である。優れた官僚にして政治家にして軍人で忠君。しかも書においても一家を成した。

ぼくは昔からこの単純な詩が好きだった。

この詩にある辺境の雰囲気と寂しさが身に染みるのだ。漢詩としてはとてもわかりやすい。それと言うのもこれは贈答詩、英語で言うところの occasional poetry の一種だから、そうそう複雑な感情が込められているわけではない。

そしてほとんど名詞を中心に組み立てられた詩である。「胡笳」「河隴」「紫髯緑眼の胡人」「楼蘭征戍の児」「蕭関の道」「天山の草」「崑崙山」……こういうエキゾティックなアイテムを並べることで辺境に赴く友人の心の内を推察する。

それだって儀礼的なものかもしれない。あの時期の唐の詩人はたくさん送別の詩を作っているし(『唐詩選』から拾えば同じ岑参の「送張子尉南海」とか、高適《こうせき》の「送劉評事充朔方判官賦得征馬嘶」とか)、あるいは送別会で集まったみなが詩を読むのが習慣だったのか。そうなると彼らはずいぶん頻繁に都から遠い土地へ送り出されたことになるが、詩人の多くが官僚である以上、地方赴任や左遷は珍しくなかったのだろう。

悲しい胡笳の音が聞こえる
吹いているのは紫の髯、緑の目の西域の人
一曲が終わらないうちに
夷狄征伐に楼蘭に向かう兵士たちを悲しみで満たす
もう涼しくなった八月の蕭関の道を思う
強い北風は天山の草を吹きちぎらんばかり
彼方の崑崙山に月が傾く頃
西域の人はその月に向かって胡笳を吹くだろう

その胡笳の怨みを含んだ音色が(ここで)きみを送る
秦山まで行けば遠い隴山の雲が見えるだろう
辺地の砦で見る夢はたぶん愁いに満ちているだろう
だから今ここで聞く胡笳を誰も喜ばないのだ
(池澤訳)

河隴は甘粛省の東南部であるそうだ。長安からはずっと西。詩人はそちらまで想像力で行った上で送別の宴の場に帰ってくる。

胡人はペルシャ系のソグド人らしい。唐という国は多くの外国人を要する多民族的な国家であって長安は国際都市だった。李白に「少年行《しょうねんこう》」という短い詩がある――

五陵年少金市東
銀鞍白馬度春風
落花踏盡遊何處
笑入胡姫酒肆中

五陵の年少　金市《きんし》の東
銀鞍《ぎんあん》　白馬　春風《しゅんぷう》を度《わた》る
落花《らっか》踏み尽して　何処《いずこ》にか遊ぶ
笑って入る　胡姫《こき》の酒肆《しゅし》の中に
『李白詩選』

西域の美女が侍るバーがあったのだ！

日本で生まれ育ったことの利点に嫌でも漢字を覚えたということがある。子供の頃からうるさく言われておよそ数千の字は頭に入っている。書けないまでも読めるし意味もなんとなくわかるのが多い。

となると、漢詩に手を出さないのはもったいない。この翻訳であるようなないような読み下しがずいぶん想像力を刺戟してくれる。今回で言えば「胡」の字一つが遠くへ誘い出してくれる。

ギリシャの墓碑銘と戦争論

三月十一日の震災について考えるべきことはあまりに多く、一人ではぜんぶを賄いきれない。この一年、何度も東北に通って、次第に死者たちのことに気持ちが収束するようになった。復旧・復興は大事だし原発の問題も大きいけれど、心の真ん中に居るのは亡くなったたくさんの人たちのことだ。

親しい者が唐突に逝ってしまった時、遺された人々はそれをどう受けとめればいいのか。葬儀に始まる多くの儀礼はその納得のための手続きであるのだろう。いや、手続きは死のずっと前から始まっていて、例えばカトリックには終油礼と呼ばれる秘蹟がある(extreme unction は今は「病者の塗油」と呼ばれるらしい)。覚悟というのはいずれ死ぬという理を覚ることだろうか。

人は死を準備する。老いた者が悠然と息を引き取ることを大往生と呼べるのは、準備が充分にあってのことだ。不慮の死・事故による死が受け入れがたいのは、逝く者に何の準備もないからである。

そういう場合、遺された者は仮に逝った者の側に身を置いてみてその無念の思いを想像しようとする。三月十一日についてはその事例があまりに多すぎる。どれほどの鎮魂と慰霊が必要か、そのための墓碑としてあの大量の瓦礫があると考えて果たして納得がいくだろうか。

呉茂一訳の『ギリシア・ローマ抒情詩選』にこういう詩がある——

少女ゴルゴオの碑

いまはの際《きわ》にゴルゴオ、母親のうなじへ手を
　さし延べて縋りつつ、涙ながらに向ひいふやう、
母さまはまだずつと、父《とと》さまのお側にいらして、もつとよい仕合せに
　また他の娘《こ》を産んで下さりませ、白髪《しらが》の老《おい》の　おみとりにもと。

夭折する娘が母に向かって言う言葉、という体裁を取った墓碑銘。それを詩人のシモーニデースがたぶん親たちの委嘱によって書いた。ひょっとしたら家族ぐるみの親しいつきあいがあって、この娘のことも知っていたのかもしれない。死の現場に立ち会ったのかもしれない。そうまで思わせるのが、臨場感というか、この詩の力である。

子供である自分の方が先に死ぬのはいわゆる逆縁であって、この親孝行な娘は自分の身の不幸よりもそのことを悔やんでいる。だから自分の代わりになる娘を産んで育ててちゃんと見取ってもらってほしいと言うのだ。

これを読んでぼくは大英博物館第10室にある墓碑を思い出した。一枚の四角い岩に浅い浮き彫りで裸体の青年が描かれ、傍らに従者がいる。若いさかりのままに亡くなった青年はほんとうに悲しそうな顔であらぬかたを見ている。自分の死という思いがけぬ事態に驚愕し、反発し、しかし受け入れるしかないと悟り、結局は諦めて旅立つ。遺族は生前の最も美しい姿を彫刻として残した。それが従者からオリーヴ油の器を受け取る瞬間なのは、レスリングの試合の準備、マッサージを受ける直前という見立てなのだろう。

これが戦死となるとまた別の意味がのしかかってきて考えるべきことを増やす。紀元前五世紀の末、大国ペルシャの侵略を受けてギリシャ側は苦戦した。テルモピレーの峡谷は狭いので多勢のペルシャも攻めあぐね、ギリシャ側の連合軍は結局は敗れたけれど、果敢に戦って三日に亘って敵軍の進撃を阻んだ。

シモーニデースが書いた詩を刻んだ碑が現地にあったという。すなわち――

テルモピュライなるスパルタ人の墓銘に

行く人よ、
ラケダイモンの国びとに
ゆき伝へてよ、

この里に
御身らが　言《こと》のまにまに
われら死にきと。

ギリシャ文字は見た目がきれいだから紹介しようか――

ὦ ξεῖν', ἀγγέλλειν Λακεδαιμονίοις ὅτι τῇδε
κείμεθα, τοῖς κείνων ῥήμασι πειθόμενοι.

ラケダイモンはスパルタの異称。「言のままに」は「(スパルタの)法の命ずるままに」と訳されることが多い。派遣された兵士たちはスパルタで教えられたとおり一歩も退かずに戦って果てた。それを郷里の人々に伝えてほしいと地中に眠る彼らが言っている。

後にローマの詩人ホラティウスが言った「祖国のために死ぬのは美しく、また名誉なことである Dulce et decorum est pro patria mori.」という言葉がここではそのまま信じられる。なぜならば、彼らは侵略者と戦ったから。国土が蹂躙され、そこに住む民が奴隷になるのを防ぐために戦って亡くなったから。

こういう詩もある――

これはアテーナイの子ら、ペルシア勢をうち滅ぼして、
みじめな隷従のさだめを、祖国から禦《ふせ》ぎえたもの。

(読人しらず)

このような死は賞賛される。

昔、ギリシャに住んでいた頃、ギリシャ人の性格を友人たちと論じていたら、「この国はレオニダスを生む一方でエピアルテスも生むんだ」と一人が言った。レオニダスは三百名の重装歩兵を率いてテル

モピレーで勇猛果敢に戦って死んだスパルタの若い王であり、エピアルテスは報奨金目当てにペルシャ側に間道を教えた地元マリスの男。後に非業の死を遂げた(ヘロドトス『歴史』巻七、二一三節)。

そんな話になったのはちょうどアンゲロプロスの『旅芸人の記録』が公開されて国中で話題になっていた時期だったからだ。そこにいたぼくも含めてみなあの映画を見ていた。第二次大戦とそれに続く内戦の時期、パルチザンになって山に籠もって戦ったオレステスもいれば、同じ劇団の仲間をドイツ軍に売ったアイギストスもいた、という話の先でレオニダスの名が出てきた。

戦闘の場に時として真の英雄が登場するのはわかるし、彼らを顕彰すべきだというのも理解できる。もしも二〇一一年三月に福島第一原子力発電所で、最悪の事故を防ぐために自発的な決死隊が現場に突入して亡くなっていたとしたら、その人物は英雄として讃えられただろう(グスコーブドリのような自己犠牲をどう考えるかはまた別の問題だが、今はそれには触れないでおく)。

しかし、戦闘に英雄はいるが戦争に英雄はいない。なぜなら戦争は政治に属することであり、さまざまな不純な要素が入り込むから。小田実が言ったとおり難死と散華は違う。それをすり替えるのが政治である。戦場で果てれば靖国神社に入れてもらえる(自衛官合祀事件に見るとおり、入りたくなくても入れられてしまう)。しかし空襲で焼夷弾から逃げまわって亡くなった数百万の日本人に栄光は与えられない。

ホラティウスはことを単純化している。「祖国のために」は防衛に限るべきだ。「祖国の繁栄のために」を認めてはいけない。とは言うものの、戦争の大半は防衛の名のもとに戦われるのだ。

他人の土地に出ていって戦う者に正義はない。そう言い切りたいところだがこれもまた単純化だろうか。日本とアメリカの戦いを詳述した『レイテ戦記』の末尾で大岡昇平は、戦場となったフィリピンの人々に同情の思いを寄せている。

呉茂一の訳詩集『ギリシア・ローマ抒情詩選』はもとは『花冠』というタイトルの立派な本で、ぼくはずいぶん楽しんで読んできた。この詞華集の値打ちは選択の幅の広さと文体の自由自在にある。死を巡る詩だけではいかにも寂しい。レスボス島の女性の詩人サッポオの恋の詩を呉先生は二通りに訳しておられる——

はた吾《あ》をおきて
あだ人を　恋ひやわたると

（別訳）

して私のことはすつかり忘れ…………
　誰なり他の人さまを私よりも
　　いとしく思ひなされるとか…………

こんなことは口にしたくないなと思いながら、しかしこういう状況は世間にはざらにあるとも考える。軟弱なぼくは自分がレオニダスとなって死ぬ事態は想像もしないけれど、こちらの愚痴の方ならば身に覚えが多々あるのだ。

ローマの諷刺詩と女嫌い

前回、呉茂一訳の『ギリシア・ローマ抒情詩選』を取り上げた時に、どうも墓碑の方に話が流れて武張った議論に陥った。少しは艶冶な方に引き戻そうと最後にサッポオの詩を付したは木に竹を接ぐことにはならなかったか。

あの訳詩集から拾いたかったジャンルがもう一つある。諷刺詩というものなのだが、手っ取り早く例を引こう——

＊

読人しらず

お芽出度や、修辞の師匠

　アリステイデースが七人の弟子とは、

四つの壁と、三つの腰掛け。

修辞学は先生について学ぶものだから、アリステイデースは私塾を開いたのだろう。ところが、ロクな先生じゃないという評判のせいでぜんぜん生徒が集まらない。詩人はそれをからかっているので、寂しくぽつねんと坐っている先生の姿が笑わせる。

弟子の数は腰掛けの数でいくらでも調整ができたはずだが七人となっている。七つを重用するのは七福神とか賤ヶ岳の七本槍とか日本風のものと思っていたけれど、ギリシャでも収まりのよい数字だったのかしら。中国では(七賢もいないではないが)八宝菜や杜甫の「飲中八仙歌」のようにもう一つ多い方が好まれる。末広がりの字形がめでたいということもあるのだろう。

ひどい藪医者　　ニーカルコス

ゼウスの　石の御像にきのふ、
　医者のマールコスが　手をかけた。
と、石であり、しかもゼウスでありながら、
　今日はお葬ひといふことだ。

石像が死んだとは果たしてどういうことか今一つわからないが、しかしこの医者の藪っぷりはよく伝わる。

この諧謔はちょっと落語に似ているという気もする。落語界のロジックによれば、藪というのは透かせば向こうが見えるからまだましなのであって、本当に先の読めない医者のことは土手医者と呼ぶのだそうだ。で、新米の医者は竹の子と呼ばれる。あるいは、「先生どうか匙を投げてください。このままでは死んでしまいます」と家族が懇願したりして。

次の「凄い歌手」は落語で言えば「寝床」の義太夫に繋がっている。

凄い歌手　　　ニーカルコス

夜鴉の謡《うた》は死をもたらすといふ、
　だがデーモフィロスが歌を唱《うた》ふと、
　　その夜鴉が死んぢまふのだ。

ちょうど本稿執筆の前に『ローマ諷刺詩集』が刊行された。ペルシウスとユウェナーリスの詩を国原吉之助の訳で収める。

こちらはニーカルコスや落語の軽妙洒脱とは無縁の重厚な長詩で、諧謔よりはむしろ告発、ほとんど呪詛に近い。ユウェナーリスはこの一連の詩を書くに至った経緯を、社会の退廃・堕落の実例をずらりと並べた上で「……このご時世に、諷刺詩を書かないでいることは難しい」と言い、「じっさい誰がこの都の不正に我慢できるだろうか」と訴える。

どういう時に我慢を強いられるかと言えば、「他人の遺産の相続権を夜中の奉仕で手に入れる者があなたの正当な相続権を押しのけるとき」であり、「こいつらを裕福な年増《としま》の玉門《ぎょくもん》が今や出世への最上の道を通って天上へ昇らせるとき」なのだ。この年増が指定した二人の相続者の得た資産の比率が十一対一であったのは「それぞれが自分の逸物《いちもつ》の力量に応じて評価された」からだと言う。

記述は恐ろしく具体的で、はっきり言えば露骨である。韻を踏んでいるから詩には違いないが文体と量と質は散文に近い。「天分は書くなと言っても、義憤が詩を書かせる」というのだから詩才を誇るつもりは最初からなかったのだろう。

ユウェナーリスは同性愛者が好きでない。その件を含めて、実際、ローマの退廃・堕落はひどいものだった。それを知るには勝手に自分を優れた詩人と思い込み、傑作を書くには目覚ましい光景が必須と言ってローマ市街に火を放ったというネロの話を思い出せばいい。性的放縦は果てもなく、乱交や近親相姦や同性婚は珍しい話ではなかった。

「ヒステルが遺言書をたった一人の解放奴隷への譲渡でいっぱいにしていた事情は、世間によく知られています、そして同じその人が、生きている間に生娘《きむすめ》の妻にたくさんの財産を贈与していた理由も世間周知のことです」というのが同性愛者の偽装結婚のことだというのは読めばわかる。だがその上で、「女は大きな寝台に三人目の人として寝ると、金持ちになれるのです」とまで言うか？

ここが正にローマ人だと思う。ギリシャ文化とのいちばんの違いはイデアという概念がローマにはないというところだろう。理想より現実、霊界より現世、何を措いても目の前の利と快楽。それに対する、同じ地平に立っての反発がユウェナーリスの詩なのだ。ギリシャが優雅ならばローマは質実。だから堕落のしかたもそれへの憤激もまこと地上的で、そのため彼はもっぱら亡くなった者たちを弾劾することにしていた。大きな権力を持つ者ほど大きな悪徳に身を染めているのだから、現存の者相手にこれだけのことを書いては本当に身が危うかっただろう。

ユウェナーリスの『諷刺詩』でいちばん広く世に知られているのは「第六歌」である。この章のテーマは女たちへの憎悪だ。彼は次々に実例を挙げて女の不実を糾弾する。ミソジニーの極みと言っていい。しかし、ここを読んでいると悪徳への関心はそのまま人間への関心であり、それは広い意味でのユマニスムであることに気づく。怒りは無関心よりずっと人間的である。

元老院議員の妻であるエッピアという女性はさる剣闘士に惚れ込んで、「恥も外聞もなく、家や夫や姉妹を忘れ、父祖の地への愛着も、泣き叫ぶ乳飲み子《ちのご》も捨てて」この恋人の後をエジプトまでも追ってゆく。当時、剣闘士は奴隷と同等に近い卑しい身分とされていた。

なぜエッピアがこの男にそこまで夢中になったか、その理由がわからないとユウェナーリスは言う。

「というのも、彼女のいとしいセルギウスは、もう顎鬚《あごひげ》を剃《そ》りはじめていたのだから。そして腕に深《ふか》傷《で》を負ってから、隠退を希望しはじめていたのである。そのうえ彼の顔もすっかり変わって、みっともなかった。あたかも兜《かぶと》ですり傷をつけられたように、鼻の真ん中に大きなみみず腫《ば》れができていた。さらに目からたえず汚い分泌物が垂れていた。それでも彼は剣闘士であった。この名称こそ、彼らをヒュアキントスと思わせていたものであり、これこそが、女たちに自分の息子や父祖の土地を捨てさせ、姉妹や夫よりも彼らを優先させたものなのである」と詩人は書く。

しかしここでユウェナーリスは論理の誤りを犯している。剣闘士というだけで追いかけ回すのなら軽薄の極みかもしれないが、エッピアのように「顎鬚を剃りはじめ」た、つまり四十歳を過ぎた隠退まぢかの醜男についてどこまでも行くというのはつまり純愛ではないか。家族を捨てたことを批難するのは正しいとしても、それを愛の祭壇に捧げた犠牲と考えることもできる。しかし、そう考えないのがたぶんローマ人なのだろう。恋愛至上主義はローマにはなかった。

ギリシャ人パルテニオスの『恋の苦しみ』の中にアルキノエという人妻の話がある（『ギリシア恋愛小曲

集』中務哲郎訳、の内)。

彼女はコリントスの生まれでアンピロコスという男の妻であった。サモス島から来たクサントスという客人に恋い焦がれ、「すでに何人かの子持ちでありながら、家をも子をも捨て、クサントスと駆け落ちするまでに狂った」のだ。

その後が悲しい。「しかし、大海原に出てみると、己れのしたことが思い返されて、たちまち涙にかき暮れ、ある時は夫を、ある時は子供たちの名を呼びながら、ついには、いくらクサントスが慰め、妻にしてやると言っても、聞くことができず、海に身を投じた。」

一般にギリシャ人はこのようなふるまいを神々の介入という形で説明する。この場合ならば、アルキノエはかつて雇ってきちんと給金を払わなかったニカンドラという貧しい女の怨みを買い、それをアテナ女神が聞き届けて彼女を狂わせた、ということになっている。

ギリシャ人は人間の心理にはどうしても合理的に説明できない超越的なものがあることを知っていた。近代人がフロイトやユングを持ち出すように、彼らは神々を呼び出した。しかしローマ人はそういう仕掛けを必要としない。人間だからこそとんでもないことをすると考えて、それを嘆いた。

ユウェナーリスより二百五十年ほど前のローマの劇作家テレンティウスは「私は人間である。人間に関わることで私に無縁なことは何一つない」と言った。あれはすべてを人間界の埒内で理解しようという意味なのかもしれない。

ヘレン讃歌、ならびにポーの訳のこと

前々回の呉茂一訳『ギリシア・ローマ抒情詩選』に続いて前回『ローマ諷刺詩集』を紹介しようとした時、この二つの文明をまとめたエンブレムとして引用したい詩句があった——

ギリシアなる栄光へ、
ローマなる壮麗へ。

エドガー・アラン・ポーの「ヘレンに」という詩の一部だ。
ここに引いたのは『アメリカ名詩選』に収められた亀井俊介訳で、もっと文学的に技巧を凝らした福永武彦訳ではここは

栄光へと、その名をギリシアという、
威容へと、その名をローマという。

とずいぶん大袈裟になっている。原文に忠実な、敢えて言えば詩的な直訳だが、ちょっとやりすぎでは

ないかとも思う。いずれにしても紙数が足りなくて引用はしなかったのだが。

ぼくはこの「ヘレンに」という有名な詩を若い頃に母から教えられた。母は大学では英文科だったからアメリカ文学史に輝く傑作とされているこの詩をよく知っていた。音読した時に音韻がよく響くことを母は(なにしろ日本語で韻を踏む詩を書いていた人だから)強調した。四つの名詞 glory, Greece, grandeur, Rome の g と r の連打はたしかに美しい。他の部分もうまくできているから朗唱していて気持ちがいい。

わからないのは意味だ。世の中には響きがきれいで中身が空疎という詩も多いけれど、それとも違う。素材を盛り込みすぎてイメージが錯綜し、全体像が摑みにくい。

ずっとそう思っていたところ、先日、『アメリカ名詩選』の二人の編者の一方である川本皓嗣さんの『アメリカの詩を読む』という本に出会ってようやくこの詩の全容が見えた。ここでは「詩を読む」の川本訳を引く――

ヘレン、あなたの美しさは、
いにしえのニケーアの舟に似ている。
かぐわしい海を渡って、ゆるゆると、
やつれ果て旅に疲れたさまよい人を
故郷の岸辺に連れ戻った、あの舟に。

主題はヘレンという一人の女性を賛美することである。

およそ男と生まれた者、魅力的な女性に出会って、自分がその魅力に反応していることを相手に伝えたいと思わないはずはない。もっと話を大きくすれば、有性生殖をするすべての生物は互いに魅力ある異性を求めており、その意思をさまざまな手段で表明している。いや、ここまで言うと身も蓋もないか。『アメリカの詩を読む』は「岩波市民セミナー」が母体で、話の展開はすっかり講義。十九篇の詩を丁寧に読んでアメリカの詩というものの全体像を精緻に描く。この「ヘレンに」についても多くを教えられた。

一人の女性(の美)が舟に喩えられ、その舟は疲れた旅人である語り手を故郷の岸辺に連れ帰る。これが第一聯で、さっきのギリシャとローマが出てくる第二聯もほぼ同じ内容だが、故郷というのが古代のギリシャでありローマであり、それも具体的な歴史の話ではなく豪奢な繁栄のイメージだけ。世界中を放浪した旅人がどこか遠い浜辺に困憊して倒れている。そこへ一艘の舟が現れて、彼を乗せ、静かな海面をひたひたと走って彼の郷里である古代の世界へ向かう(オデュッセウスではないし、レミンカイネンとも違う)。そういう舟に喩えられる女性(の美)と言われても、その面立ちがなかなか浮かばない。

第三聯になってようやくヘレンの実像が立ち現れる――

見よ、かなたのまばゆい窓辺に、
　彫像さながらに、あなたは立っている、
　手には瑪瑙《めのう》のランプを捧げて。
ああ、聖地の領域から訪れた

プシュケーよ。

姿は見えたが石の像だ。古代世界にいくらでもある大理石の像で、それもプシュケーという霊魂の実体化のような抽象性の高い若い女。人間ではないが女神と呼べるほどの神格もない。

「窓辺」がなかなか難しい。福永訳では「窓の壁龕」としている。window-niche が原文で、この niche は最近は生態学の用語としても使われるニッチである。一つの種にとって居心地のいい生息の場所となる生態学的な隙間。

「壁龕」という言葉の意味が実感できたのはフランスで暮らしていた時だ。ヨーロッパの建物は石でできている。壁の厚みは何十センチもある。木と紙の文化圏に住む我々は家というものは柱と壁から成ると考えている。しかし石の文化圏では家は壁から成り、壁とは実はおそろしく幅の広い柱なのだ。上の階や屋根の重さは壁によって支えられる。究極の例としてゴシックの教会建築を思い出して頂きたい。それほど厚い壁だから一部分を室内の側からくぼませて装飾的な空間を作ることができる。大量の石を積み上げてあるのだから強度に問題は生じない。それが「壁龕」という建築パーツであって、その用途はわざわざ余計な柱と壁を用意して作る日本の床の間とまったく同じで、要はそこに何かを飾るのだ。壮麗で立体的な額縁と言ってもいい。

この場合、壁龕の背後は閉じた壁ではなくそのまま窓になっていて外の光が差し込んでいる。壁の厚みを強調するようなデザインの窓なのだろう。しかしそこに彫像を立たせたら逆光でその姿は見えなくなるのではないか？

第一、この女性の姿にはまるで現実味がない。体温がない。仮に彼女が実在して詩人からこの詩を捧げられたとしても、嬉しく思って身を任せるだろうか？　漆喰で塗り固められたような気持ちにはならないか（短篇「黒猫」の殺された妻のように）。

壁龕の細部に拘泥してもしかたがない。女性としてのヘレンは実はどうでもいいのだ、と川本講義を聴講したぼくは考えた。

ヘレンとはトロイ戦争の原因となったあの神話的な美女の名である。ヨーロッパ史の原初のところに立っている美貌の人妻。アメリカというまだ未熟でたぶん粗野な青年がヨーロッパという爛熟した年上の女性に憧れる。そういう関係の表象としての詩作品。爛熟は堕落であると言ってきっぱり背を向けて新大陸に来たはずの清純な青年であるピューリタンが、その爛熟と退廃を捨てきれずに未練をそのまま詩にする。

二十世紀に生まれ育った者としては、舟はその形からして女性性器の象徴であるというフロイト的な解釈もあると思うが（漢字の「舟」を凝視してみればなおさら）、そちらに深入りはすまい。

「ヘレンに」はポーの詩としては言葉を飾りすぎた感がある。イギリスの作家オルダス・ハックスレーがポーについて「どんなに繊細で高尚な人間であっても、五本の指全部にダイヤの指輪をはめているのは許しがたい」と言ったという話が『アメリカの詩を読む』にある。

対照的に、最も初歩的な単語だけを連ねて幼い恋の悲しみを伝えた本当の傑作がポーにある。その「アナベル・リー」を『アメリカ名詩選』の亀井訳は童話のような文体に訳す――

昔むかしのことでした、

海のほとりの王国に、
ひとりの乙女が住んでいました
アナベル・リーというなつかしい名の――
乙女の思いはただひとつ
　ぼくと愛し愛されることでした。

このヒロインの名を詩人はどのくらい考えて決めたのだろう？ Annabel Lee の二つのLの音はその柔らかな響きの長い余韻の中で二百年後にナボコフの傑作『ロリータ』を生み出した。あの小説はLの音のエロティックな響きの描写から始まっている――「舌の先が口蓋を三歩下がって、三歩めにそっと歯を叩く。ロ。リー。タ。」(若島正訳)

この詩についていささか屈折した思い出がある。

四十年ほど前、ぼくは日夏耿之介という詩人の全集の編纂に関わっていた。今の歳になるとあの時代にあれほど卑俗を排して高踏的な詩を書いた詩人の矜持と苦悩もわかるのだが、なにしろ若くてものを知らなかったから実は結構反発しながら、しかし職務としては誠実に働いた。

反発の理由の一つが「アナベル・リー」の翻訳だった。恐ろしく技巧的なのだ。亀井訳で「ぼくと愛し愛されることでした」が日夏では「なまめきあひてよねんもなし」となる。中学生でもわかる平明な言葉だけで書かれた詩がなぜかくも難解な日本語に移されなければならないのか。あるいは「凍えさせ、亡き者にしたのです、ぼくのアナベル・リーを chill-ing/And killing my Annabel Lee」が日夏訳では「アナベル・リイそうけ立《だ》ちつ身まかりつ」となる。五本の指にダイヤ？

ところがこの凝った訳が若い大江健三郎を虜にし、何十年も後に『﨟《らふ》たしアナベル・リイ　総毛立ちつ身まかりつ』という小説を書かせた。つまりそれほどの名訳だったのだ。ぼくは若き日の不明を恥じなければならない。

『玉台新詠集』と漢詩のやわらかい訳

話の始まりは毎日新聞の書評欄「今週の本棚」だ。

少し前置きが長くなるがお許し頂きたい。

自分が関わっているから言うのではないが、あまたの新聞書評欄の中でも毎日の「今週の本棚」は際立っている。嘘だと思うのなら日曜日の朝、コンビニに走って数紙を買って比べて頂きたい、と敢えて言おう。

これほどの違いが生じた理由は、二十年以上前、毎日新聞がこの欄を丸谷才一さんに預けたことである。日本の書評がいかにも底が浅いことを嘆いていた丸谷さんはこれを機に思うかぎりのことをした。具体的には、一冊の本に与える字数を従来の倍ほどまで増やし、書評者を厳選し、任期に期限を設けることを廃し、集まって会議を開くことをやめて書評対象を各自勝手に選ぶことにした。結果は淀んだ金魚鉢に酸素を吹き込んだ如くであった。二十年この金魚鉢を泳いだぼくが言うのだから間違いない。金魚鉢はそのまま太平洋に繋がった。

この成果からエッセンスを選んで三冊の本にまとめるという企画が進んでいる。丸谷さんとぼくでこの二十年分、新聞三千ページを超える紙面から名作を選んで本にする。書評に「名作」があり得るものかと疑われる向きはどうか第一巻の『愉快な本と立派な本――毎日新聞「今週の本棚」20年名作選（1

992〜1997)』(毎日新聞社)を手に取って頂きたい。これはそのまま現代日本の出版史であり文化史である。

いい書評が多いから選ぶのは困難を極める作業だが、その苦労については既に他で書いた。

選んでいて困るのは『名作選』に残すのとは別に個人的に気になる書評が多いこと。自分で読みたくなる本が次々に見つかるのだ。誘惑に負けるととんでもない散財になる。

二〇〇〇年の四月に『六朝詩選俗訓《りくちょうしせんぞくくん》』(江南先生訓訳)を扱った見事な書評があった。書き手は今はなき向井敏。目配りが広く、知識・教養に溢れ、文章が粋で、言いたいことを一定量の文章に盛り込むのがうまい。

ぼくはこの本を知らなかったのでさっさと誘惑に負けることにして購入した。

日本の文化と文学にとって漢文・漢詩の影響は圧倒的に大きい。言語としてまったく系統の違う中国語を日本語として読むために「訓読」という方法を発明した。翻訳ではない、ある意味で強引な手法。漢字一字ずつの意味に日本語の意味を重ねて(これが訓)、文法から来る語順の違いを返り点で入れ替え、送り仮名などを補って日本語のセンテンスとして形を整えて読む(すなわち読)。

改めて考えてみればこれは自動的に機能する翻訳システムだ。一定の知識と技術があればそれ以上は翻訳者の感覚や審美的判断が入る余地が少ない。だから大量の中国の文学が日本語で読めるようになった。

しかしどこかで無理が生じる。このシステムでは掬いきれない情緒的なるものが取り残される。それを日本人は巧妙に補正してきた。「国破れて山河在り」を一種の詩的表現として、いわば頭の中でもう一度翻訳して、「国はなくなってもまだ山や川はあるのだから」と読み替えてきた。そうやって例えば敗戦後の日本に重ね合わせて詩人の感慨を共有しようとした。

それでも欠落が残るなら、訓読を捨てて最初から和語に訳した方がいい。そう考えたのは荻生徂徠だった。その考えを承けて実行に移したのは孫弟子に当たる江南先生こと田中応清であり、その試みの成果を集めたのが『六朝詩選俗訓』。そういうことがまずは向井書評でわかった。

六朝とは中国王朝史のうちの三世紀から六世紀、呉・東晋・宋・斉・梁・陳の時期を言う。つまり隋と唐の前だ。詩でいえば『唐詩選』以前。

とすると、これは時期から言って『玉台新詠集』と重なるではないか。「男女相思の情若くはそれに関係あるもの」に限って集めたために艶冶な詩がずらりと並ぶことになったこのアンソロジーがぼくは昔から好きだった。好きだけれども、訳解の鈴木虎雄の文体はいかにも固い。荻生徂徠が嘆いた訳の典型のよう。もしも同じ詩が両方に含まれていれば、これを江南先生はいかに訳しているか、並べて見ることができる。

日本の和歌には恋ないし相聞という部立てがあって、むしろこれが詩歌の本流であったが、漢詩で恋というテーマが扱われることはまこと少ない。

さて、『玉台新詠集』に謝朓という詩人の詩がいくつかある。中国の恋愛詩には女の立場から男への思いを述べるというフィクションが多い。謝朓の詩も、主簿という職にあった王という姓の人物の愛人の恋人への思慕の念に仮託する、という体裁で読まれたもの。

いや、事態はもっと複雑だ。『玉台新詠集』下巻にある「同王主簿「有所思」」の場合、まずもって

「有所思」すなわち「思うところ有り」というタイトルの詩が定型として既にあって、王主簿がその題に沿って詩を書いた。そして謝朓がそれに和して書いたのがこの詩で、「同」は「和して」の意であるという。和歌や俳句でわかるとおり、詩というものは形式と伝統が先にあり、それに対していかに個性なるものをぶつけるかで詩人は勝負するのだ。それが「和する」の原理である。

佳期期未歸　　佳期《かき》　期すれども未だ帰らず
望望下鳴機　　望望　鳴機を下る
徘徊東陌上　　徘徊す　東陌《とうはく》の上
月出行人稀　　月出でて　行人稀なり

「期期」と「望望」という二つの重語はたぶん朗唱するときに響きがいいのだろう。内容はいわゆる空閨《くうけい》の嘆きだが、これだけでは情緒を伝えるに足りないと鈴木虎雄先生は考え、「義解」を加えている――

わたしが約束をしておいたあのよいお人、あの人は約束の期限になつてゐるのにまだ歸つてこぬ。それでうらめしげに遠くをみやりながらはたおり器械からおりる。さうしてしようことなしに東の方のみちへ出てぶら〳〵とあるいてみると、月があかるく出てきて途ゆく人などはめつたにない（その人らしい影も見えぬ）。

この、恋人を探しに町にでるという情景は『旧約聖書』のうちの「雅歌」の一節に通じている。この連想があまりにぴったりだったのでぼくはちょっと驚いた——

夜の間ずっと寝床の中で
わたしの心に宿ったあの人を求めた
求めてもあの人を見つけられない
起き上がって町へ探しに行こう
通りを巡り　広場を回って
わたしの心に宿ったあの人を

わたしの探す人は見つからなかった
巡回中の夜警に見とがめられた
わたしは尋ねる
「わたしの恋しい人はどこにいますか?」と

実はこのヘブライ語からの訳にはぼくも少しだけ関わっている。父福永武彦の従弟に秋吉輝雄という聖書学者がいて、ぼくにとっては若い時から兄貴分だった。彼は「雅歌」を自分の訳で出したいと思いながら人生の最後の段階までそれに手をつけることができなかった。ぼくは彼の訳を病床で受け取り、詩人として言葉のブラッシュアップを加えた。刊行は彼の死後になった(『雅歌——古代イスラエルの恋愛詩』)。

では、話を元に戻して江南先生の訳を見よう——

かへりてよい頃《ころ》をきわめても(まだ帰らず)
めあての方をみんとて　機《はた》よりおりて
東西のまちやを　ふらくあるきみれば
つきはいでゝ　ゆきくる人もすくなひ

なかなか柔らかいではないか。ここから江戸小唄や都々逸まではあと一歩という気さえする。漢詩のしなやかな訳はその後も多くの人が試みた。よく知られたものに井伏鱒二の『厄除け詩集』がある。例えば于武陵の詩「勸酒」を和語に移して——

勸君金屈卮
滿酌不須辭
花發多風雨
人生足別離

コノサカヅキヲ受ケテクレ
ドウゾナミナミツガシテオクレ
ハナニアラシノタトヘモアルゾ
「サヨナラ」ダケガ人生ダ

うまいものだと感心する一方、七五調で言葉が流れすぎると思わないでもない。訓読のごつごつしたところがなくなってつるつるの俗謡調になっている。丸っこくて箸の先でつかめない。

翻訳という過程についてぼくたちは原文と訳の間に一対一の対応が成り立つと考えがちだが、実際には無限の判断が途中にある。「訓読」はそれをシステム化して効率を上げた。二つの言語の隔たりを、漢字一字単位の読み替えと専用の文法、それを修得した読み手の教養などを使って橋渡しする。

それから解放された詩人たちが奔放な訳を提示している。読者としては選択の範囲が広がって楽しい。

秋の歌と天使の歌

さてさて、秋である。

季節感の歌は日本人の得意とするところだから、いやもっとはっきり言えば日本の詩歌には季節の他には恋と哀傷と雑しかないほどだから、秋の名歌を見つけるのはたやすい。あるいは多すぎて選びきれない。何を挙げても異論が続出しかねない。

では異国で探そう。

夏が終わって秋が来た時のあの変化、舞台で言えば照明の色調ががらりと変わったようなあの気分を思い出させてくれる詩。リルケの「秋の日」(『リルケ詩集』高安国世訳)——

秋の日

主《しゅ》よ、時節がまいりました。夏はまことに偉大でした。
日時計のおもてにあなたの影を置いてください。
そうして平野にさわやかな風を立たせてください。

最後の果実らに、満ち満ちるようにお命じください。
彼らにもう二日だけ南国のように暖かな日をお恵みください。
果実らをすっかりみのらせ、重い葡萄《ぶどう》の房に
最後の甘味を昇らせてください。

今家を持たぬ者は、もう家を建てることはないでしょう。
今ひとりでいる者は、長くそのままでいるでしょう、
夜ふけて眠らず、本を読み、長い手紙を書き、
そうして並木道を、あなたこなたと
不安げにさまようでしょう、木の葉が風に舞うときに。

神様に向かっての願いだから祈りとも言えるけれど、穏やかな秩序の維持を望むだけのつつましい内容。第一聯の情景の描写はすばらしくうまい。

訳者が「風を立たせてください」という言いかたを選んだ裏には、やっぱり堀辰雄の『風立ちぬ』があるだろうか。あの小説のタイトルはヴァレリーの詩からの引用なのだ。ただしこれはあくまで日本語の問題で、リルケがこの詩を作ったのは一九〇二年で、ヴァレリーが「海辺の墓地」の最後のところで(敢えて別の訳をしてみれば)「風が出てきた。わたしたちは生きなければ」と書いたのは一九二〇年だから原典の間には関係はない。しかしリルケはヴァレリーが好きで翻訳もしているし影響も受けたと言う。一種の詩的通底と言えるか。

後半は深まる秋の先を透かし見るような予想。「今ひとりでいる者は、長くそのままでいるでしょう」なんて、ずいぶん淋しい。

若い時にそれと知らずにとんでもない贅沢をして、その価値に何十年もたってから気づくということがある。

ぼくは今たまたま名前が出た堀辰雄さんの書庫でリルケを読んだことがある。それは贅沢なことだったと今になって思う。

生前の堀さんにお目にかかる機会はなかったけれど、戦前から父が堀さんのところに出入りしていたから(我が父母は新婚旅行で信濃追分の堀家を訪れている)、父の計らいで未亡人の多恵子さんに紹介され、それから半世紀ちかく親密な行き来があった。父は家庭の事情で自分が親として振る舞えない部分を堀夫人に委ねた。その意味で堀さんは成人したぼくにとって母代わりのような人だった。振り返れば人生の大事なコーナーにいつも堀さんがいてくれたような気がする。

で、その夏、ぼくはふらりと信濃追分に行って居候の身分で堀家でぶらぶらしていた。今は軽井沢町立堀辰雄文学記念館になっているあの家の庭に、いっそ庵と呼びたいような風情の書庫が建っている。六畳くらいだろうか、二面の壁が書棚で、堀辰雄がいちばん大事にしていた本が並んでいた。実際には堀さんは本が並んだ姿を見ることなく逝かれたのだが、本の配列は本人の指示のとおりだと多恵子さんに聞いた。

二十歳のぼくは暑い毎日、開け放たれたその書庫で勝手に本を抜き出しては読んでいた。その中に英訳のリルケが何冊かあったのだ。『ドゥイノの悲歌』と『オルフォイスに寄せるソネット』の本の体裁をよく覚えている。ここに引いた「秋の日」が入っている『形象詩集 *Das Buch der Bilder*』はなかったかもしれない。(今ぼくの手元にある新しい英訳のリルケ詩集ではこれは *The Book of Images* というタイトルになっている。)

ぼくの中ではリルケという名と「秋の日」と信濃追分の夏が繋がっている。『ドゥイノの悲歌』を開いて「第一の悲歌」を最初の行から読む。堀辰雄が得意としたフランス語やドイツ語ではなく英語の訳があったのがぼくにとっては幸運だった。これならなんとか読める。あの頃のぼくに深い意味が読みとれたとは思えない。まあ、かじっただけだったのだ。

岩波文庫には手塚富雄訳の『ドゥイノの悲歌』もあるがここは高安訳を見よう——

ああ、たとえどのように叫ぼうとも、誰が天使らの序列から
耳傾けてくれようか。そして仮に一人の天使が
突然私を胸にいだくことがあろうとも、私はその存在の
強烈さに耐えず滅びてしまうにちがいない。なぜなら
美は恐ろしきものの始めにほかならぬ。私らは辛《かろ》うじてそれに耐え、
そうして私らがそれを讃《たた》えるのも、むしろ私らを打ち砕くにも当たらぬと
それが冷酷に突き放しているからにすぎぬ。すべての天使は恐ろしい。

このくらいまで読んで考え、また少し読んで考え、結局あの風通しのいい書庫で「第一の悲歌」だけは終わりまで読んだのだったか。

その前に『マルテの手記』は読んでいた。あれもいかにも詩人の小説、読み終わったと言える地点になかなか至れない断章の連続だけれど、近代の都会で無名人として生きる不安イメージの数々はわかりやすい。今だって、あるいは今ならばなおさら、マルテは我らの同時代人だと言うことができる。

それに対して「悲歌」の天使は人間を寄せ付けない。人間の方を見ようともしない。人間に背を向けて、どこか遠い永遠や無限の方をうっとりと見ている。あるいは美の概念を厳密かつ論理的に構築している。

もともと天使とは使者であった。生身の人間にとって神はあまりに遠いから、その間をキリストが仲立ちし、それでも遠いので聖母マリアがつなぎ、まだ足りないと考えたカトリックの人々はたくさんの聖者を立てた。そういう取りなしのシステムの外に、直接の連絡役として天使がいた。マリアのところに受胎告知に降りてきたのがその任務の典型である。

トルストイの短篇「人は何で生きるか」の墜ちた天使を思い出してみよう。彼らのような天使に会うことはもうできないとリルケは言うのだ。生と死の区別ももうない。天使は自分たちが「生者の間を行くのか／死者の間を行くのかを知らぬという」。『マルテの手記』には生きているような死んでいるような人がたくさん出てきた。

拒絶的な天使はちょっと辛いなと思ってもう少し人間に近い天使を探す。リルケと同じドイツ語圏にヴィム・ヴェンダースの天使がいた。『ベルリン・天使の詩』の二人組は人間たちを見張っている。なんとか不幸から引き離そうとするのに、人間はしばしば天使の介入をすり抜ける。高い塔から身を投げて人が死ぬ場面に立ち会って彼らは嘆く。

ところが彼らの一人ダミエルはなんと人間の女に恋をして天使の身分を捨ててしまうのだ。まるで人魚姫を裏返したような話。

あの映画の成功の半分は脚本に手を貸した詩人ペーター・ハントケの力のおかげだとぼくは思う。あのモノローグは本当に天使がつぶやくように美しい。

始まってすぐのところ、スクリーン一杯の紙の上にペン先がハントケの詩を書いて、男の声がそれを読みかつ歌う。イノセンスというものをそのまま言葉にしたような詩。リルケの嘆きがイノセンスの喪失に関わるものだとしたら、それはこの詩で回復されていると言えないか(字幕の訳は池田信雄・池田香代子)――

子供は子供だったころ
腕をブラブラさせ
小川は川になれ　川は大河になれ
水たまりは海になれと思った

子供は子供だったころ
自分が子供とは知らず
すべてに魂があり
魂はひとつと思っていた

子供は子供だったころ

なにも考えず　癖もなにもなくて
あぐらをかいたり
とびはねて
小さな頭に大きなつむじ
カメラを向けても知らぬ顔

詩から詩へ、あるいは母と父の詩など

森の中で、倒れた木から新しい実生の苗が育ってやがて大きな木になることがある。倒木の養分がそうやって次の世代に利用される。地面に横たわるその木が形をなくしてしまっても、一列に並んだ若い木によって以前にそこにあったものがわかる。これを倒木更新と呼ぶ。

文学の場合、かつて書かれたものが次の作品を生むのは珍しいことではない。伝統的であることと創造的であることは矛盾しない。そして文学の場合、元の木は形をなくさない。むしろ利用されることによってその存在はより注目されるようになる。

引喩(アリュージョン)は広く使われる普通の修辞の技法である。「彼は現代詩壇のサンチョ・パンサだ」というくらいの言い回しは日常茶飯事。ここで詩の問題として考えたいのはもっと根の深い影響関係のことだ。和歌における本歌取りのような技法はどこの国の詩においてもあるのかどうか。

と問うてはみるものの、ぼくは比較文学という分野にははなはだ暗いから、広範囲にその例を博捜して理論的に分析するようなことはとてもできない。せいぜい目に留まったものを並べてみるくらいが関の山。(さて、「関の山」は三重県の関町の立派な山車が語源だという。これが「精一杯」という意味に転化したロジックがよくわからないのだが、これも引喩の一例だろうか。)

「ぼくのペダントリイは無邪気なものです」と石川淳の『白描』の金吾少年は言って『千一夜物語』

を引用していたが、ぼくも似たようなものだ。

さて、『フランス名詩選』のアンリ・ミショー「連れてってくれおれを」（渋沢孝輔訳）を読んでおやっと思った――

連れてってくれおれを　快速帆船《キャラベル》に乗せて、
古くて優しい快速帆船に乗せて、
船首材の中でも、なんなら泡に浸けながらでもいい、
そして消し去ってくれおれを、遠い、遠いところに。

時代がかった馬に引かせてでも。
見せかけの雪のビロードに包んででも。
何頭立てかの犬たちをあえがせてでも。
枯葉のくたびれ果てた群と共にでも。

連れてってくれおれを、壊さないように、接吻に包んで、
波打ち息づく胸に包んで、
掌の絨緞とその微笑に乗せて、
長骨と関節の回廊を通って。

連れてってくれ、それともむしろ埋めちゃってくれおれを。

この自己滅却の欲望、いいなあと思う。それを頼む相手は明らかに恋人だから接吻や胸や掌や「長骨と関節の回廊」が出てくるのだが、しかしそれは後半の話だ。最初の乗物シリーズの意想が尽きたところという気がする。大事なのは快速帆船と馬と犬。

では、これはボードレールが元だろうか？

『悪の華』の「悲しくて放浪性の」という詩の中の二行（鈴木信太郎訳）

列車よ、俺を運び去れ、快速船よ、攫《さら》つてゆけ。
遠くへ、遠くへ、都会では涙で泥濘が出来るのだ。

というところにオリジンがあると思ってもいいのだろうか？

念のために福永武彦の訳「悲シクテサマヨイノ」を見よう——

車よ、僕を運び去れ、帆船よ、僕を引きさらえ！
遠く遠く！——ここに泥は僕たちの涙でつくられるから！

ミショーの快速帆船は caravelle でボードレールのは frégate と船として種類は違うけれど発想は同じ。

たぶん教養ある読者はミショーを読んですぐボードレールを思い出し、その間の響き合いを楽しむのだろう。

ではそこに別の連想を読み取って、原條あき子の「娼婦　3」の第二聯――

小さなわたしの妹よ
ぬかるみはわたしの涙でつくられ
ひたひた水は冷く浸しても
濁りはすまい　おまえ　陽気な流れ
そしてアラビアの太陽を移しても
乾く日はない泥よ　この身を飾れ

この場合はボードレールを敷いていると言い切っていい。なにしろこの詩人はぼくの母であるし、一九四四年の夏、恋人だった福永武彦に教えられてボードレールを一篇ずつ丁寧に読んだとぼくは聞いたのだから。二人はその年の秋に結婚し翌年の夏にぼくが生まれた。その後、別離の果てに原條あき子が苦い思いで「娼婦」シリーズを書いたのは一九六二年のことだった。なお、この詩は脚韻を踏んでいる。

どうもこの連載には私的な話題が多すぎる。そうは思うのだが、詩は小説や評論などよりずっと心の領域に近いところに位置するからこれまたしかたがないと考えよう。

行単位でわかるような引用的な影響関係ではなく、もっと深いところで通底する場合もある。ボードレールの「旅へのさそい」のはじめのところを安藤元雄はこう訳す――

私の子、私の妹、
　思ってごらん
あそこへ行って一緒に暮らす楽しさを！
　しみじみ愛して、
　愛して死ぬ
おまえにそっくりのあの国で！
　曇り空に
　うるむ太陽
それが私の心を惹きつけるのだ
　不思議な魅力
　おまえの不実な目が
涙をすかしてきらめいているような。
あそこでは、あるものすべて秩序と美、
豪奢、落ちつき、そしてよろこび。

注釈によればここで「私の子、私の妹」と呼びかけられているのは女優のマリー・ドーブランで、彼女との仲はボードレールが二十六歳の時から三十八歳まで断続的に続いた。これはボードレール三十三歳の時の作品らしい。ここに言う「おまえにそっくりのあの国」はオランダであるという。
これを読んで、日本で二十四歳の青年が詩を書いた――

海へ　明るい夏の光は微風にとけ
未知の世界の郷愁は潮さわぐ海にある
出発の重苦しい不安もひと時に
遁れて行かう　炎暑の都会からお前の面影を映す遠い海へ

愛することの苦しみが怒濤を呼んで砕けてゐる
日日の生活に僕の思惟は旗のやうに疲れたから
見もしらぬ空の下　風景は新しい太陽に彩られ
生きることの好奇はふたたび僕を生かすかもしれぬ

僕たちはあまりにも人の世の不幸に馴れてゐるから
妹よ　暫くの別れにも想ひは常に通ふだらう
僕は群青の海にお前のほほゑみを感じとり
お前は僕のたよりのうちに美しい自らの影を見るだらう

これが最初の三聯で、この詩はこのまま四行の聯をぜんぶで二十二も連ねる。これだけ長い間ずっと優れた行と聯を連ねるのはむずかしい。どうしてもゆるい部分が出てくるが、それでも声に出して読むのはなかなか気持ちがいいことだ。そしてここには明らかにボードレールが入っている。

ではこの詩を書いたのは誰か？

困ったことにこれもまた我が身内、父の福永武彦なのだ。

まるで家族だけで弦楽四重奏をやっているような気恥ずかしさを覚えるのだが(一人足りないか)、現実には父と詩の話をしたことはない。母とはわずかばかり、ぼくにその才能がないことを互いに確認しただけで終わった。

弦楽四重奏はおろか、ものごころついて以来ぼくは父と母が一緒にいる場面を見た覚えがない。最近になって見つかった父の日記によればぼくは一九五二年の八月十八日に会っているのだが、その時は父は父と名乗らなかった。七歳のぼくには何の記憶もない。

そういうことすべてを浮かべて、詩の大河は流れてゆく。時おりその水に身を浸すのも悪いことではないだろう。

唐詩の遠近法とゴシップ的距離

丸谷才一さんが亡くなった。

新聞書評という分野における丸谷さんの功績を書いたのはつい先日のことだった。彼以前の日本には書評がジャーナリズムであると同時に文学だという認識はなかった。

しかし、この人の仕事の広さと深さについて論じ始めたらいくら紙数があっても足りない。木下杢太郎が鷗外を指して呼んだのと同じように丸谷才一もまた「テエベス百門の大都」であった。

一つだけ特に示しておきたい門がある。

丸谷才一はゴシップが好きだった。彼の軽妙なエッセーは愉快なゴシップに満ちており、それは彼の小説の神髄でもあった。

小説とゴシップはまこと縁が深い。人間には他人の人生について関心を持つという不思議な性質があって、それが人に小説を書かせたり読ませたりする。この傾向はイギリス人においてとりわけ顕著で、だから彼らはフィクションとしてよき小説を多く書き、ファクトとしてよき伝記を多くものする。丸谷さんの小説と評論はこの文学の王道へ日本の文学を導いた。

さて、本来ゴシップとはAとBが出会った時に語られるCについての噂である。CはAとBの両方に共通の知人でなければならない。ディケンズのタイトルで言えば“Our Mutual Friend”。

しかし今の時代にはメディアが発達しているから、セレブリティーとかスターとか有名人とかタレントとか、大衆にとって一方通行の知人ともいうべき一群の人々がいて、彼らについての噂がゴシップとして広められる。

かくメディアによってゴシップは産業化されたが、本来はゴシップは顔見知り社会の中で通用するものだった。『源氏物語』の場合、作者と読者は、さらにモデルも含めて、互いに知った仲ではなかったのか。英語でならば社会と社交界は同じ society という言葉で表される。相互に関係づけられた人間の集団としては同じものなのだ。源氏の世界の狭さと密度について具体的に知りたければ丸谷才一著『輝く日の宮』を読めばいい。

と考えたところで、前から気になっていた疑問が再燃した。

長く安定して続いた社会において、文学者たちはどれくらいお互いを知っていたか？　作風における影響関係といった厳密な話ではなく、ゴシップ伝播を可能にする距離を計測してみたい。

長きに亘って佳作を生み出した文学史の例として唐詩を考える。とはいうものの、親密な行き来を一つ一つ検証するような学識はぼくにはない。最も簡便な尺度として年齢を指標としよう。

唐代の詩人の中でぼくが他を差し置いて好きなのは李賀だ。そこで、仮に、怖れ多くも李賀を自分に重ねてみる。才能の話などしていない。年齢だけ。

彼がぼくと同じく一九四五年(昭和二十年)に生まれたと仮定しよう。ぼくは今も馬齢を重ねているが、彼は早くも一九七一年(昭和四十六年)に亡くなっている。わずか二十六歳で他界した天才少年。いや天才ではなく、彼は鬼才絶と呼ばれたのだった。

李賀から見ると一九二六年（昭和元年）生まれの白居易は二十歳ほど年長の詩人である。これはぼくにとって河野多恵子さんに当たるくらいの年齢差で、一九二五年生まれの丸谷さんもこれに近い。この距離の計りかたを李賀スケールと呼ぼう。

白氏より少し上の韓愈は一九二二年（大正十一年）生まれだから、ぼくにとっては瀬戸内寂聴さんか鶴見俊輔さんに当たる。

杜甫は李賀スケールでは一八六六年（慶応二年）に生まれ、一九二四年（大正十三年）に没している。この年に生まれた文学者は少ないが、翌一八六七年ならば漱石、熊楠、露伴、子規が生まれている。李賀と会うことはなかったけれど、間に一世代を挟めばゴシップは伝わっただろう。

李白は杜甫より十一歳の年長で、一八五五年（安政二年）に生まれた。没したのが一九一六年（大正五年）。だから杜甫は酔っぱらい詩人八名を並べたきわめてゴシップ的な詩「飲中八仙歌」の中で実感を込めて——

李白一斗詩百篇　　李白は一斗　詩百篇
長安市上酒家眠　　長安市上　酒家に眠る
天子呼來不上船　　天子呼び来《きた》れども船に上《のぼ》らず
自稱臣是酒中仙　　自ら称す　臣は是《こ》れ酒中の仙と

と書くことができた（これは『唐詩選　上』にある）。

では同じ詩で酩酊詩人の筆頭にある賀知章は如何？

この人は一八一三年(文化十年)に生まれているから杜甫よりは五十三歳の年上だが、一八九八年(明治三十一年)没とずいぶん長生きしている。没した年に杜甫は三十二歳。会うことは物理的に不可能ではなかった。

知章騎馬似乗船　知章が馬に騎《の》るは船に乗るに似たり
眼花落井水底眠　眼花《まなこくら》み井に落ちて水底《すいてい》に眠る

という「飲中八仙歌」の記述にはある程度の臨場感がある。

賀知章について李白に「酒に対して賀監を憶う」という詩がある。よく知った仲でなくては書けない類のものだ。

四明有狂客　四明に狂客《きょうかく》有り
風流賀季眞　風流なる賀季真《がきしん》
長安一相見　長安に　一たび相《あ》い見《まみ》えしとき
呼我謫仙人　我を呼ぶ　謫仙人《たくせんにん》なりと
昔好盃中物　昔　盃中の物を好みしに
翻爲松下塵　翻《かえ》って松下《しょうか》の塵と為る
金龜換酒處　金亀《きんき》　酒に換えし処《ところ》
却憶涙沾巾　却って憶《おも》えば　涙　巾《きん》を沾《うる》おす

親密な仲を前提にしたゴシップ的な詩作とはつまりは贈答の詩である。前に紹介した岑参の「胡笳《こか》の歌　顔真卿《がんしんけい》の使いして河隴《かろう》に赴くを送る」のような詩を彼らはよく交換していた。辺塞詩と呼ばれる西域エグゾティスムの詩の多くはこの形を取っている。（ちなみに岑参は李賀スケールでは一八六九年（明治二年）に生まれて一九二四年（大正一三年）に没している。）

李白にも同じような例がある——

黄鶴楼《こうかくろう》にて孟浩然の広陵に之《ゆ》くを送る李白

故人西辭黃鶴樓
煙花三月下揚州
孤帆遠影碧空盡
唯見長江天際流

故人　西のかた黄鶴楼を辞し
煙花三月　揚州に下る
孤帆の遠影　碧空に尽き
唯《た》だ見る　長江の天際《てんさい》に流るるを

考えてみれば和歌だって贈答ないし挨拶が原則で、だから歌がうまいと異性にもてた。歌が詠めないと恋愛の場に参加できなかった。詩歌のそういう側面をぼくたちは忘れてしまったらしい。詩才による恋の成就は現代ではむずかしい、と拗ねたりして。

李賀スケールは未来へも伸びている。彼より後の世代では、李商隠が一九六六年（昭和四十一年）に生まれて二〇一二年（平成二十四年）に亡くなった。温庭筠も同じ年の生まれでまだ存命。

文学史に沿って順に読んでいくと、やはり成熟とか爛熟という言葉が思い起こされる。早い話が唐代初期の詩はおおらかで愉快という印象を与える。賀知章は知らない奴と一緒に酒を飲んでいい気持ちになれた——

袁氏の別業に題す

主人不相識
偶坐爲林泉
莫謾愁沽酒
囊中自有錢

主人　相識らず
偶坐するは林泉が為なり
謾《みだ》りに酒を沽《か》うを愁うること莫《な》かれ
囊中《のうちゅう》自ずから銭有り

それが時代を経るにつれて次第に孤独の中に陥ってゆく。魂が一人だけで妄想に走る。その典型が李賀なのだが、この人については一回それだけで論じたいのでここでは作品の紹介はしない。

李商隠に「楽遊原」という詩がある。

向晩意不適
驅車登古原
夕陽無限好

晩に向って意適《かな》わず
車を駆りて古原《こげん》に登る
夕陽《せきよう》　無限に好《よ》し

只是近黄昏　　只《た》だ是れ黄昏《こうこん》に近し

（宇野直人訳、『漢詩の歴史』）

なんというモダニズム。もうここには贈答詩の影も形もなく、あるのは自分との会話ばかりだ。おおよそ唐の詩人は高いところに登るのが好きだったけれど、たいていは誰かと一緒に登っていた。メランコリーから一人で馬車を駆って丘に登るのは時代の爛熟と退嬰のせいではないか。

ここから蕪村まではもう一歩だ――

愁ひつゝ岡にのぼれば花いばら　　　蕪村

そこで思い出せば、俳諧は和歌と同じように座の文学、贈答に極めて近い文学だった。歌仙を巻くことは今も廃れてはいない。冒頭の話題に戻れば丸谷さんには歌仙の作がいくつもあった。

この妻にこの夫、あるいは英雄の不在とT・S・エリオット

今回、きっかけは『図書』の連載仲間、「極楽のあまり風」の中務哲郎さんとの往復書簡だ。見栄を張って往復書簡と重厚な言葉を使ってみたが、実体はおそろしく軽いメールのやりとり。

ぼくが毎日新聞に連載中の「アトミック・ボックス」という小説が話題になった。まだ五十回目くらいの時に中務さんが読んでいると言って下さった。小説を新聞連載で読むのは大佛次郎の『桜子』以来だとのこと。ありがたい読者であり、しっかり書かねばと思った。

この連載、英語圏で言うところのポリティカル・スリラーを目指している。ミステリだが殺人事件やトリックの要素は少なく、逃げると追うが主要な場面になる。逃げるのはあるモノを持った若い女で、追うのは公安警察。宝物の争奪戦なのだ。

宝物の設定でおもしろさが決まる。ぼくがお手本としたのはヘレン・マッキネスの『ザルツブルグ・コネクション』だ。オーストリアのあの町で、第二次世界大戦中ナチス・ドイツの占領地で諜報部に密かに協力した、いわゆるコラボたちの名簿を各国のスパイたちが入り乱れて奪い合う。戦争が終わって二十年以上たって、彼らはそれぞれの国で要職に就いている。戦時中のことを持ち出して脅せば極めて価値の高い情報源になる。こんなアイディア、なかなか思いつくものではない。マッキネスには実話の

裏付けがあったのかと勘ぐったりして。

そう話すと中務さんは驚くべきことを書いてこられた――ヘレン・マッキネスは「僕たちの必読書『西洋文学における古典の伝統』ギルバート・ハイエットの奥方」なのだそうだ。

ギルバート・ハイエットのこの名著のことも知らないではなかったが読んだことはない。これもまた何かの縁かと思った。

世の中にはいろいろな夫婦がいる。レイモンド・カーヴァーとテス・ギャラガーは二人とも作家だし、シルヴィア・プラースとテッド・ヒューズは二人とも詩人、ダシール・ハメットとリリアン・ヘルマンは作家と劇作家(長期安定の恋仲であって夫婦ではなかったが)、アガサ・クリスティーの夫マックス・マローワンは考古学者だった。バグダッド周辺を舞台にする『メソポタミヤの殺人』はこの結婚の成果で、アガサが「夫にするなら考古学者に限ります。歳を経るほど値打ちを見出してくれるから」と言ったという話が伝わっている。

夫婦ではなく親子でぼくが最近になって知ったのは、『殺す鳥』などを書いたイギリスのミステリ作家ジョアンナ・ハインズがロレンス・ダレルの最初の妻ナンシー・メイヤーズの娘だという例。ロレンスとの間の子ではなく再婚した相手が父親である。彼女が母とロレンスの生活についていろいろ調べて『エデンのアマチュア *Amateurs in Eden*』という本を書いたと知って、これを目下お取り寄せ中。

なかなか丸谷才一的ゴシップ主義から抜け出せないようだ。

話を本筋に戻すために、これを奇貨として『西洋文学における古典の伝統』を少しかじってみよう。我が知識・学識からして全体像は手に余るから、今回はほんの一部を覗くだけであとは後日に取っておく。

大著である。ルネサンス以前、ダンテ以前、中世の「暗黒時代」から始まって、最後はサルトル、ジロドゥー、コクトーだ。こう書いただけでヨーロッパの文学がギリシャ・ローマの古典を盛大に踏まえることで成立してきたことが思い出される。彼らが書いてきたものはまこと引喩(アリュージョン)の密林のようである。あらゆる分野に蔓延する本歌取り。その密林をハイエットは山刀で切り開いて縦横に踏破する。そのさまはまさに快刀乱麻という感じだ。

T・S・エリオットの詩についてG・ハイエットはまずこう言う(二人の姓が韻を踏んでいるのはぼくの責任ではない)――

「ルネサンスの詩人たちは、自分が描く英雄的行為をいやが上にも高貴なものにせんがためにギリシア・ローマ神話を用いた。エリオットはまさにその反対のことをやっている」

そのとおり。反論の余地はない。

「ナイチンゲールたちに囲まれたスウィーニー」の毛深い原始的な主人公スウィーニーはどうやら娼館を出たところで殺されるらしい。アリュージョンという手法は読み手の教養を前提にしている。この詩の場合はタイトルの脇に「お、おう、や、やられた、切っ先が、急所まで。」というエピグラフがあって、これがアイスキュロスの『アガメムノン』を敷いていることを伝える。そして最後の聯が――

むかしアガメムノンが悲鳴をあげたときにも
あの血なまぐさい森で鳴いていた鳥だ。
鳴きながら水っぽい糞を落とし

こわばった凌辱のシーツを、よごしたのだ。

とあって、彼の死が明らかに示される。娼館と「素性のしれぬ男」と殺人。まるでボルヘスの短篇のようと思うのは時間の錯誤で、エリオットは何十年もボルヘスに先行している。

エリオットのアガメムノンは卑俗を通り越して動物的なレベルまで退化している。だからエリオットが英雄化と反対のことをやっているとハイエットが言うのは正しい。

だが、それは古代にもう始まっていたのではないか？　トロイ戦争に勝って凱旋した最高司令官のアガメムノンが不貞の妻クリュタイムネストラとその凡庸な愛人アイギストスの手にかかって死ぬ。帰宅してすぐ、まずはお風呂にと妻に言われて入浴して出たところで首の出ないシャツを渡されて外が見えないところを愚物の刃にかかる。英雄と寝取られ男、二つの人物像の対比がそのままアイロニーとなって強く観客に訴える。

アガメムノンの英雄性を無視してエリオットは殺される場面だけをちらりと見せた。近代とは英雄が成り立たない時代なのだとエリオットはさりげなく言う。

性愛も崇高ではない。ダナエの寝床に黄金の雨となって忍び込むゼウスはいない。『荒地』のⅢ「火の説教」に一人のタイピストの索漠たる情事の場面がある(岩崎宗治の見事な訳)――

男が到着する、にきび面の若者。
ちょっとした不動産屋の勤め人だ、ぎょろりと一睨《ひとにら》み。
生まれは卑しいが、不遜な面構えは

ブラッドフォードの富豪のシルクハットのようだ。
そろそろ頃合かな、と彼は推測する。
食事が終わり、女はいささか退屈ぎみ。
愛撫にもち込もうと手を出してみると、
乗り気ではないにしても、いやでもなさそう。
顔赤らめ決断して、男の攻撃が始まる。
先遣隊をつとめる手は防衛軍に遭遇せず。

という具合に事態は展開するが、十三行先で女が言うのは「やっとすんだ、やれやれだわ」という台詞。ここには情熱のかけらもない。情事であり性交であっても恋愛ではない。それはわかっていたのだ。エリオットは英雄を認めず、崇高なるものに水を掛けて回る。ぼくが大好きな『プルーフロックその他の観察』の主人公は「自分の人生なんか、コーヒー・スプーンで量ってあるんだ」と言う。

やってみるか、ひとつ、
大宇宙を揺るがすようなことを?
一分間の中にも時間はある、
一分間でひっくりかえる決断と修正の時間が。

と言いながらも彼は動かない。(ここのところをタイトルに借りた名著『宇宙をかき乱すべきか』が物理学者フリーマン・ダイソンにある)。プルーフロックは

ぼくは聞いたことがあるんだ、人魚たちの歌い交わすあの声。

と言いながら、すぐに

人魚たちがぼくに向かって歌うなんて考えられない。

と卑下する。自分はハムレットではなく、せいぜいその「使い勝手のいい家来」「ときには、ほとんど〈道化〉」と言う。

本当に英雄のいない時代なのだろうか。

ハイエットの言うことにうなずき、エリオットに八割まで共感しながら、でも英雄はまだ必要とされているとも考える。

テオ・アンゲロプロスの映画『旅芸人の記録』はアガメムノンの神話を土台にしている。時代は第二次世界大戦から戦後の混乱まで。そこでトロイ戦争の総司令官は町から町を巡る芝居の一座の座長となっていて、女優である妻には愛人がいる。二人はレジスタンスに協力する座長をナチスの占領軍に密告して銃殺に導く。娘エレクトラと息子オレステスが神話のとおりに父の敵を討つ。

エリオットとハイエットが生まれ育ったアメリカやイギリスにはもう英雄の出る余地はなかった。現代ギリシャは辺境だったからまだ英雄を必要としていた。そう考えてよいか。

楽な時の俳句、辛い時の俳句

前回、たまたまダナエに話題が及んだ。T・S・エリオットの詩をきっかけに、古代の英雄は今は失われすべてが卑俗になったと書いた後で「性愛も崇高ではない。ダナエの寝床に黄金の雨となって忍び込むゼウスはいない」と述べた。

あれで思い出したのが雲雨の交わりという古代中国以来の表現。巫山の雲雨とか朝雲暮雨とか別の言いかたもあるが、要は男女の交情の謂《い》いである。

楚の懐王と夢に契った仙女が「旦ニハ朝雲トナリ暮ニハ行雨トナラン」と答えたという故事がもとで、宋玉の「高唐賦」という詩を典拠とすると注釈にはあるけれど、要は伝説である。王や仙女たちの間では我ら凡俗のあの行いもまこと気宇壮大になるという好例。それがギリシャ神話と軌を同じくしているところがおもしろい。比喩がウェットなのは体液への連想があるからだろうか。芝居では濡れ場・濡れ事と言う。

これに関して、

雨と成恋《なる》はしらじな雲の峯

という蕪村の句がある。入道雲を見上げながら懐王の故事に思いを馳せる俳人の後ろ姿を見るような思いがする。

岩波文庫の『蕪村俳句集』ではこのすぐ後に

雲のみね四沢《したく》の水の涸《かれ》てより

という句が置かれ、これも陶淵明の「春水四沢ニ満チ、夏雲奇峰多シ」という漢詩を引く、と脚注にある。春から夏へ。蕪村はまこと教養の人であった。

「雲の峰」という夏の季語でいちばん広く知られているのは芭蕉の『おくのほそ道』の内の

雲の峰幾つ崩《くづれ》て月の山

という月山を詠んだ句だろう。この場合も山を前にして立つ詩人の姿が見える。「幾つ崩て」というところには時間の経過もある。芭蕉さんは「雲霧山気の中に、氷雪を踏《ふみ》てのぼる事八里」とずいぶん苦労して月山の頂上まで行っている。色っぽい巫女に連想を飛ばす余裕はなかったか。

蕪村と芭蕉は平和な時の人である。

俳句、発句、歌仙、連歌、更に遡って歌合わせ、どれも乱世には向かない。余裕がなければ遊戯の境地には身をおけない。芭蕉はなかなか苦難の旅をしたけれどそれは自ら引き受けたものだった。

それに対して、例えば

春の星こんなに人が死んだのか

という句がある。つい先日出た照井翠『龍宮』の内。

ここで俳人は空を見上げ、満天の星を一つ残らず死者と見て嘆いている。三・一一を踏まえているのは言うまでもない。

蕪村の画号の一つが春星ということもあって『蕪村俳句集』からこの現代の句に思いが飛んだ。蕪村の命日は「春星忌」と呼ばれるし。

ここのところぼくは釜石で災害を体験したこの人の句にずいぶん入れあげている。あの日とそれ以降について文学者はいろいろに格闘してきたけれど、『龍宮』はとりわけの出来だと思った。俳句はこんな風に辛いことも表現できるのか。哀切の思いは深いがそれでずぶずぶと崩れるのではなくきちんと客観化されている。ぼくは俳句のことを何も知らなくて肝心のところがうまく言えないのだが、何か中から律するものがある。

最初に心にぶつかってきたのは「喪へばうしなふほどに降る雪よ」という一句だった。あの日は寒くて雪が降っていた。

俳句は寄物陳思であり、季語を据えての詩である。この原理を使えば時代と場所を隔てた句を並べることができる。そこで蕪村と照井翠の二人だけからなる明暗の甚だしい小さなアンソロジーを編んでみた。以下、○は蕪村、●は照井の句。

○春の海終日《ひねもす》のたり〳〵哉

よく知られた句で、「のたりのたり」は寄せては返す穏やかな波。それに対して――

●もう何処に立ちても見ゆる春の海

というのは津波が襲った後の光景。建物がみんななくなって、どこからも海が見えるようになってしまった。

時は春、ひな祭りの季節だ。

○箱を出る皃《かほ》わすれめや雛二対

春になって箱にしまわれていた雛人形が日の光のもとへ出される。男女二対、ずっと暗いところで待っていたけれどそれぞれの相手の顔を忘れるはずはないよね、と人形に話しかけている。しかし、そうして飾った人形たちが

●津波引き女雛ばかりとなりにけり

というのがあの日に起こったことなのだ。雛のこととしているが、人と人の仲にも連想が及ぶのは当然。いや、言いたいのはこちらの方なのだろう。

季節が移り初夏になって、蕪村は当てにもならないほとゝぎすの鳴き声を待って空を見上げている

——

○ほとゝぎす待《まつ》や都のそらだのめ

照井翠は鳥ならば飛んで逃げることができるけれど、と自分たち地上の生き物との対比を嘆く——

●ほととぎす最後は空があるお前

やがて盛夏。

○狩衣《かりぎぬ》の袖のうら這ふほたる哉

蕪村は粗い生地を透かして見える蛍という視覚的に凝った句を詠んだ。狩衣だからスポーツウェアだ。つまりアウトドア。狩りに出た公達になったつもりの野外感が伝わる。

●初蛍やうやく逢ひに来てくれた

では蛍は亡き人の魂なのだ。及ばずながらその光景を想像すれば、たくさんの蛍が群れ飛ぶところに立って、これがみんな向こう側に逝ってしまった人たちなのだと気づいて戦慄するうち、その一匹がふっと来て袖に止まる。失われた人たちの中の特定の一人と思った時、生死を超えた回路がつながる。

震災をどう捕らえるか、立つ位置はたくさんあるだろう。ぼくは身内を失いはしなかったし、実質的な被害などなにもなかった。たまたまきっかけを得て被災地に通うようになってそれが今も続いている。一人の墓に参るのならば命日だけで済むが、多すぎる死者たち故に墓参がいつになっても止められない。浸水域に残った建物の土台はそのままみんな墓碑だ。

復旧も復興も進まない。だから『龍宮』は——

●廃屋の影そのままに移る月

と詠む。壊れた建物がぬっと立っていて、人はいないのだから冷え切っていて、それを空を行く月の光が照らして影をなす。

子供の頃、影と陰や蔭の区別がよくわからなかった。影と呼ぶ時は形に注目しているのに対して、陰と蔭の方は光ないし視線が届いていないというところに力点がある。

これに添えてみる蕪村の月は、これも広く知られた

○月天心《つきてんしん》貧しき町を通りけり

共に寂しいけれど、哀切の深さが違う。

やがて秋になる。蕪村さんはいつも以上にユーモアを込めて

○御所柿《ごしよがき》にたのまれ皃《がほ》のかゞし哉

と詠む。一つの情景の見立て。そもそもかかしは人間が勝手な任務を託して立てるものだから柿も身の安全を頼みやすい。

しかし、去年の秋、東北では

●柿ばかり灯れる村となりにけり

だったのだ。

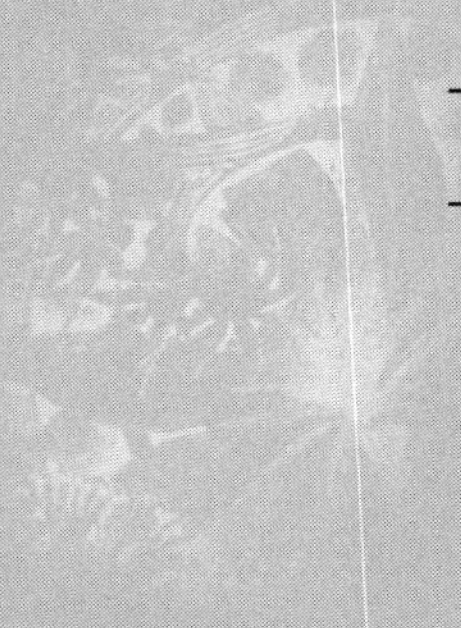

II

李賀の奔放と内省

ストラップという名のちゃらちゃら飾り、携帯電話には付けてないが、布製の筆入れに一つ付いている。

某出版社の友人に貰ったもので、金魚にまたがった犬なのだ。この犬は本を手にしていて、その内容に驚いてか鼻先からびっくりマーク(!)が噴出している。この会社のマスコットとしてたしか広告関係の賞を取ったはずのもの。

上目遣いに犬の方を見ている金魚は琉金だろうか。その視線は批判的でクールだが、決して冷たくはない。犬と金魚、いい仲なのだろう。

これを見ているうちに李賀の詩の一行を思い出した。

放妾騎魚撇波去

つまり、この犬はまさに「騎魚」の体勢にあるという連想。漢詩には暗いけれど、李賀(李長吉)は昔

から好きだった。イメジャリーが奔放で、だから難解と言われるし、実際、注を丁寧に読まないと意味が取れない。使う言葉の一つ一つの裏にたくさんの故事・来歴・典拠が隠れている。

李賀関係の本を目に入るたびになんとなく買ってきて、今では書棚の十数センチを占めている。できるかぎり蔵書を減らす方針のぼくにしては珍しいことだ。

最初は二十代の半ば、岩波の『中國詩人選集14　李賀』だった。荒井健の注があって新書判ながら箱入り。その後で『李長吉歌詩校釋』という本を神保町のどこかで手に入れた。國立臺灣師範大學國文研究所の陳弘治碩士の著になるもので、当然ながらぜんぶ繁体字の漢字(「碩士」というのはたぶん博士みたいな称号だろう。碩学ということか)。独創的な解釈を打ち出すというよりもこれまでの李賀研究の要点を羅列してあるのがありがたい。刊行は中華民國五十八年だから一九六九年。

例えば、先に引いた一行について、ある解釈には「騎魚字甚怪，或傳之訛亦未可定」なんて書いてある。「甚だ怪しい」って、そこのところがおもしろいのに。

もったいぶらずにまずは読もう。「宮娃歌」。ここは鈴木虎雄注釈『李長吉歌詩集』に依る——

蠟光高懸照紗空　　蠟光《ロウコウ》高く懸《かかっ》て紗空《サクウ》を照らす
花房夜擣紅守宮　　花房《カボウ》　夜擣《つ》く紅守宮《コウシュキュウ》
象口吹香毾㲪暖　　象口《ゾウコウ》　香《コウ》を吹《ふい》て毾㲪《トウトウ》暖《あたたか》に
七星挂城聞漏板　　七星《シチセイ》　城に挂《かかっ》て　漏板《ロウバン》を聞く
寒入罘罳殿影昏　　寒《カン》　罘罳《フシ》に入《いっ》て殿影《デンエイ》昏《くら》く

彩鸞簾額着霜痕
啼蛄弔月鉤欄下
屈膝銅鋪鏁阿甄
夢入家門上沙渚
天河落處長洲路
願君光明如太陽
放妾騎魚撇波去

彩鸞《サイラン》の簾額《レンガク》　霜痕《ソウコン》を着く
啼蛄《テイコ》月を弔《チョウ》す　鉤欄《コウラン》の下《もと》
屈膝《クッシツ》　銅鋪《ドウホ》　阿甄《アッケン》を鏁《とざ》す
夢に家門《カモン》に入りて沙渚《サショ》に上る
天河《テンカ》落つる処《ところ》　長洲の路
願《ねご》う　君が光明太陽のごとく
妾《ショウ》を放《はなっ》て魚《うお》に騎《の》り波を撇《うっ》て去らしめんことを

このままでは何もわからない。

娃《あい》とは呉の方言で美女を指す。綺麗な娘が宮中に召し出され、宮娃となる。玄宗皇帝は調達のために地方に送る使節を「花鳥使」と名付けたという。選ばれた美女は天子の寵愛を待つのだろうが、唐の太宗の宮中には数万の美女が集められていたというから、まずは飼い殺しの身分。恋や結婚はおろか外部との行き来も一切禁じられ、父母の死さえ伝えられなかったという。

李賀はそういう立場の女に成り代わって嘆きを詠んだ。夜、自分の部屋でヤモリを原料にした薬を作っている。それが紅守宮。丹砂を餌にして飼うとヤモリは全身真っ赤になる。七斤を食べ終えたものを臼で一万回搗《つ》いて粉にする。これを女の肌に塗ると終世消えないが、男と交わると消える。宮女たちを処女のままに置くヴィジュアルな牢獄の錠なのだ。それを自分たちで製剤している。

たかく掲げた蠟燭の光　薄絹のとばりを照らしてむなしく

花やかな小部屋で　夜ふけ調製する　紅《くれない》の守宮《やもり》の薬
象の香爐の口から吹きだす煙に　毛氈あたたかく
北斗七星　城壁に傾き　聞こえてくるのは時告げる銅鑼
寒さは網戸をしのび入り　宮殿のかげくらく
五色の鸞のぬいとりの簾の額に　いちじるしい霜の痕
おけらが啼いて月を弔う　鉤の手に曲がった欄干
甄《けん》皇后とおなじわたしの悲しみを　幾重の扉が閉じ込める
夢に　わたしは家に　帰り渚の上を歩いていた
天の河の落ちる処　そこはふるさと長洲の路だった
どうか天子よ　あなたの光が太陽みたいであるならば
解放して　わたしは魚に乗り　波を蹴たてて去るでしょう

これは原田憲雄訳(『李賀歌詩編』)。

夜の小部屋で霊薬を作る場面を細かく描写してぎりぎりまで閉塞感を積み上げ、二行で夢に家路を辿らせた上、最後の二行で奔放に解放を願う。そこで「魚に騎る」という鮮やかなイメージが使われる。

李賀はぶっ飛んでいる。

よく知られる「李憑《りひょう》の箜篌《くご》」では、李憑という名人が箜篌を弾く。ハープのような弦楽器だが、この人が演奏を始めると「崑崙山の玉くだけ　鳳凰はよびかわし／芙蓉のはな露に泣き　香りたかい蘭が笑う／十二の都門のあたりでは　冷いやりした光も融け／二十三絃　天帝紫皇を動揺させる／女媧が五色の石煉って　天の穴ふさいだところ／石破れ　天驚き　秋雨がほとばしる」（原田訳）という、正に天変地異の大騒ぎ。

およそ楽器を手にする者にしてこのような宇宙軸に繫がる演奏をしたいと思わない者はいないだろう。文で言えば『古今和歌集』の仮名序、「力をもいれずして天地《あめつち》を動かし……」だが、李賀の方がずっと具体的。世界が壊れかけた時に女媧が五色の石で補塡して救った伝説などが巧妙に使われている。

「苦昼短」という詩は「飛光飛光／勸爾一杯酒」と始まる。「空を飛ぶ光よ、きみに一杯の酒を進ぜよう」だ（これは拙訳）。

まるで沙漠の真ん中に毛氈を敷いて酒肴を並べ、どっかりと胡座《あぐら》をかいて（この坐りかたは西域風だったから「胡」の字を使うのだろうか）、空を行く光を酒宴の相手として呼び寄せているかのよう。今あらためて読み返してみると沙漠に関わる言葉は一つもないのだが、ぼくの中では何十年も前からこの場面が出来上がっている。

その先で詩人が扱うのは人の寿命の短さという主題。

中国の人は昔から死ぬのが嫌だったらしい。不老長寿ならばまあわかるがその先の不老不死まで行ってしまう。そのために道士は丹を煉り（小説でいえば『緑野の仙人』とか）、始皇帝は徐福を蓬萊に派遣し……ほとんど妄執という感じ。

それを李賀はからかう。

飛光飛光

勸爾一杯酒
吾不識青天高
黃地厚
唯見月寒日暖
來煎人壽
……

なぜ青空が高くて黄地が厚いか、そんなことは知らない。それでも月は寒く日は暖かく、人の命を煎る。熊を食えば太り蛙を食えば痩せるというけれど、神君なんてどこにいるか、太一は本当にいたのか。天の東に若木があってその下に太陽をくわえた龍がいる。そいつの足を切ってそいつの肉を食ってしまえば太陽は昇るも沈むもできなくなる。老人は死なず若者は泣かず、丹薬を服む必要もなくなる。不死を願った始皇帝が死んだ時、屍臭をごまかすために棺の周囲に魚の干物を積み上げた故事を忘れるな。

（池澤訳）

李賀は異端児だった。李白は天才絶、白居易は人才絶、そして李賀は鬼才絶という評語が宋代の随筆『南部新書』にある。

科挙に落ちて落胆、「長安に男児あり／二十　心已に朽つ（「贈陳商」）」という一行がずいぶん広く知られている。

その彼がふっとこう言うのだ（「莫種樹」）――

園中莫種樹　庭に木を植えてはいけない
種樹四時愁　木を植えるといつも淋しいから
獨睡南牀月　南に向いた寝床で独り寝る
今秋似去秋　この秋も去年の秋と変わらない

（池澤訳）

奔放な想像力が自分の身に向かうとこういう哀愁が生まれる。

きみを夏の一日にくらべたら……

たまたま東京でふっと時間が空いて、こういう時は映画がいいと考えた。都合よくすぐ近くの映画館にかかっていたのが『塀の中のジュリアス・シーザー』。監督のタヴィアーニ兄弟はかつての『父 パードレ・パドローネ』や『サン★ロレンツォの夜』『カオス・シチリア物語』でよく知っている名だが、夢中になって見た時期から今までずいぶん間が空いている。

『塀の中のジュリアス・シーザー』は傑作とは言い難かった。刑務所の中で服役者たちがシェイクスピアの『ジュリアス・シーザー』を上演する。いざこざや困難を乗り越えて練習を重ね、シーザー暗殺からブルータスの戦場での自死までを演じるのだが、映画として何か大事なものが足りない。

しかし、シェイクスピアはよかったのだ。原作の台詞のところになると言葉の重みがぐんと増すような気がした。イタリア語を聞きながら字幕を読むのはハンディキャップだが、台詞の力はぐいぐい伝わる。

暗殺の後、ブルータスが大衆を前に、なぜ自分たちがこの凶行に及んだか弁明する。シーザーは皇帝になろうとした。それはローマ市民の自由を奪うこと、許せるものではなかった。

その後でマーク・アントニーが登場する。ブルータスたちの行いを称賛する言葉を連ね、「シーザーには野心があったとブルータスは言われる。ブルータスは高潔の士です」と繰り返しながらシーザーの遺徳を強調し、ブルータス一派を少しずつ言葉で包囲する。大衆の心をつかみ、暗殺者たちを窮地に追い込む。言葉だけでマーク・アントニーはブルータスを死なせた。

シェイクスピアは言葉の力を信じていた。逆境・窮地からの言葉による逆転という場面をいくつも書いた。

その例をもう一つ挙げれば、『リチャード三世』の第一幕第一場、「さあ、俺たちの不満の冬は終わった……」(松岡和子訳)という有名な幕開けの先。第一幕第二場で異形の王リチャードは自分が殺した相手の未亡人アンを、まだ血を流す死者の柩を前にして臆面もなく口説く――

リチャード　あなたの美しさが、手を下させた張本人。
あなたの美しさが私の眠りに取り憑いて、
一時間でもいい、あなたの優しい胸で生きられるなら、
世界中の男を皆殺しにしたいと思わせたのだ。

とぬけぬけと言って、憎悪の塊だったアンからまんざらでもない返事を得る。たった二百十行の台詞のやりとりで女の心をしっかりと摑む。稀代の悪党リチャード三世だからできることであり、シェイクスピアだから書ける台詞だ。

シェイクスピアの話を始めたらきりがない。「魔法使い」とまったく同じ意味合いで彼は「言葉使《つか》い」だった。あの時期に英語が備えていた語彙を縦横に使って会話を構築した。『テンペスト』のプロ

スペローがエアリエルとキャリバンを働かせたように言葉を精一杯こき使った。

しかしここではシェイクスピアの詩の話をしよう。

こっちだってきりがないのだが、芝居を書くことに全生涯の全精力を注いでいたはずのシェイクスピアは(若い頃は役者として舞台にも立っていたが)、本業を離れて詩も書いていた。言葉の力を持つ者はそれを使って自分の内なる何かを外に送り出そうとする。心の中から湧いて出るものがあって、そのための器としてひたすら台詞を書いたのに、それでは済まない状況が訪れて彼に詩を書かせた。なんと言っても天才的な「言葉使い」だから詩だって尋常の出来ではない。

詩は型である。まずは定型詩。詩の元は歌であり、定型でないと歌いにくいのはオペラのアリアでも校歌や演歌でも同じ。

今でこそ誰もが勝手な書きかたをしているけれど、本来は和歌も俳句もオードもバラードもリメリックも、行数やシラブルの数や韻が決まっている。俳句には季語と切れという内容的な制約もある。条件が厳しいほど詩は密度が高まる。

シェイクスピアが書いたのはソネットだ。

弱強五歩格(アイアンビック・ペンタミーター)の十四行。

発祥の地イタリアでは前半八行と後半六行に分かれるらしいが、イギリスでは四行の聯が三つと締めの二行という構成がもっぱら行われた。それでも三つ目の聯に転換があるのはイタリアと同じ。起承転結の原理に近い。韻はａｂａｂ　ｃｄｃｄ　ｅｆｅｆ　ｇｇが普通。

こういうことを書きながらぼくは早く実例を挙げたくてしかたがない。まずは十八番を高松雄一の訳(『ソネット集』)で——

きみを夏の一日にくらべたらどうだろう。
きみはもっと美しくて、もっとおだやかだ。
五月のいとおしむ花のつぼみを荒っぽい風が揺さぶり、
夏という契約期間はあっというまに終ってしまう。
天の太陽も、ときに、灼熱の光をはなつけれど、
黄金のかんばせが雲にかくれることだって珍しくはない。
美しいものはすべて、いつかは美を失って朽ちる。
偶然や自然の変移が、美しい飾りをはぎとってしまう。
しかし、きみが不滅の詩のなかで時と合体すれば、
きみの永遠の夏はうつろうことはない。
いま手にしているその美しさを失うこともない。
死神が、やつはわが影を歩んでいる、とうそぶくこともない。
　人が息をし、眼が見うるかぎり、この詩は生きる。
　そして、この詩がきみにいのちをあたえる。

九行目の転換と最後の二行の主題要約が明らか。この転換はたしかに俳句の切れに似ている。
それはそれとして、もう少しシェイクスピアの余韻に浸りたい。同じソネット十八番を吉田健一訳で——

君を夏の一日に喩へようか。
君は更に美しくて、更に優しい。
心ない風は五月の蕾を散らし、
又、夏の期限が余りにも短いのを何とすればいいのか。
太陽の熱気は時には堪へ難くて、
その黄金の面を遮る雲もある。
そしてどんなに美しいものもいつも美しくはなくて、
偶然の出来事や自然の変化に傷けられる。
併し君の夏が過ぎることはなくて、
君の美しさが褪せることもない。
この数行によつて君は永遠に生きて、
死はその暗い世界を君がさ迷つてゐると得意げに言ふことは
出来ない。
人間が地上にあつて盲にならない間、
この数行は読まれて、君に生命を与へる。

シェイクスピアのソネットがとりわけ興味を引くのは、芝居とちがって彼の私的な状況が透けて見えるからだ。生前から文名高かったのに伝記的なことについてはよくわかっていない。遺言で妻に「二番目に良いベッド」を遺すなど、謎めいたエピソードが多いが、しかし詩には裸のままの彼がいる。

ソネット百五十四篇のうち一番から百二十六番までは若い同性の友人(=恋人?)に宛てたもの。一番から十七番までは早く結婚して子孫を残すようにという年長者の善意の助言のように読めるが、ここに紹介した十八番以降の百篇以上ははっきり愛の表現だ。なによりも詩人自身がこの愛に苦悩している。その先の二十八篇は「黒い女(ダーク・レディー)」と呼ばれる女性が主役になる。詩人はこの女に惚れ込み、さんざ翻弄され、苦しみ、しかし自分の感情の激動をきちんと詩行の中に定着した。自分の恋を普遍化した。だから読んでいて切ない。

身につまされる百二十九番を吉田訳で紹介しようか——

肉慾の働き方は恥辱の浪費であり、
精神を疲れさせることでしかなくて、目的を果すまでは、
肉慾は偽り多くて血腥くて、どんなことをやり出すか解らず、
野蛮で、極端に走り、礼儀を知らず、残忍で、
満足すればその途端にただ忌しいものになり、
理性を忘れて相手を追ひながら、それがすめば理性を忘れて
相手を憎み、食ひついた魚を狂ひ立たせる為の
鉤も同様のものなのだ。
追つてゐる時も、相手をものにした時も気違ひ染みてゐて、
追つても、追ひ越しても、度外れにしか行動出来ず、
先づ至上の幸福から始つて苦悶に終り、

前は歓喜だつたものが、後では夢なのだ。
そしてこれは誰でもが知つてゐて、それにも拘らず、
誰もかういふ地獄に導く天国を避けられた験しがない。

さて、この畳み掛けの口調に自分を顧みてしゅんとならない者がいるだろうか。

何ひとつ書く事はない

作家と比べると詩人は高雅だ、と言っていいか。

小説は人間の現実を扱い詩は人間の魂を扱う。そう言えるほどことは単純ではない。それはわかっているが、詩人というとそれなりの佇まいがあるような気がして、それに対して作家は佇むのではなく居坐るとか開き直るとか……

やはりこれは偏見だ。それも自分のふるまいから来る偏見。

ぼくはかつて詩を書いていたが、最近は詩はぐんと減って小説に力を注ぐことの方がずっと多くなった。堕落したのだ。

最初に書いた長い詩はストーリー性が濃くて、小説に仕立てた方がよかったとみなに言われた。一人の若者が海辺に行って、やがて港から船に乗って南の島々を転々とし、やがて溺れて死んで、たぶん再生する。

小説が書きたいのにそれを阻むものがあったから詩にしてみた。今ならばそう説明できる。

先日、東京の催事の場で谷川俊太郎さんにお目にかかった。久しぶりだと気づいたのは、前回は谷川さんの横に佐野洋子さんがいらしたからだ。紹介されて挨拶できて嬉しかった。

今回は谷川さんは一人だった。ぼくは控え室で言葉を交わし、その後で谷川さんの詩の朗読(作品は「自己紹介」)を聞いた。

と書いたところで、詩の朗読は聞くものかと疑う。舞台への登場のしかた、立つ姿や表情、詩の合間のお喋り、それらぜんぶを合わさって印象になるのだから「佇まい」なのだ。

詩の朗読はパフォーマンスだから「聞く」や「聴く」では済まないけれど、だからと言って「観賞した」とも言えない。自分はその場に居合わせて、谷川さんが言葉と姿と声で作り出した雰囲気に身を浸すことができた、と言えばいいだろうか。

鳥羽　1

何ひとつ書く事はない
私の肉体は陽《ひ》にさらされている
私の妻は美しい
私の子供たちは健康だ

本当の事を言おうか
詩人のふりはしてるが
私は詩人ではない

……

これを読んだ時の驚きを今も覚えている。

これでは誰も詩を書くことができなくなってしまうではないか。「ああシェークスピアさん　あなたのあとで／いったいどうやって最初の一行を書き始めればいいんだい」という谷川さん自身の嘆きも思い出される。

「鳥羽　1」は私的領域で語っているように見えて実はぼくたちみんなの普遍を言っている。この通底の仕掛けを詩人と呼ぶ。わたくしが人間ぜんぶにつながってしまうという、目もくらむ矛盾の回路。クラインの壺そのまま。

言うことがなくなってしまいはしない――

鳥羽　3

粗朶《そだ》拾う老婆の見ているのは砂
ホテルの窓から私の見ているのは水平線
餓《う》えながら生きてきた人よ
私を拷問するがいい

私はいつも満腹して生きてきて
今もげっぷしている

私はせめて憎しみに価《あた》いしたい

……

詩人は公人である。

いつだって詩人は他の誰かのために言葉を用意する。

子供から大人になりかける途中で他者のうちの一人が強烈にアピールしてくることがある。その一人のことが気になってしかたがない。心を奪われた状態にとまどう時に恋の詩を読むと、いわば病名が告げられ処方が与えられるのだ。「まだあげ初めし前髪の……」などと、その事態のために予《あらかじ》め言葉を用意しておくのが詩人。

最初は祭礼の場で朗々と読み上げる言葉を準備するのが仕事だったのだろう(実例として「六月晦日《みなづきつごもりの》大祓祝詞《おおはらえののりと》」を挙げておこうか)。やがて詩人はわたくしごとを歌うようになった。それでも、どんな場合にも、彼は多数の代表である。多くの人の思いを代弁する者である。

谷川俊太郎はぼくが詩人になることを邪魔した。たくさんの若い人が詩人になることを邪魔した。だってこんなにうまく書けないもの。これが詩だとしたら自分が書くものは何なのか?

むずかしい言葉を使わず、漢字くさい漢字を捨てて、つまり目より耳を大事にして、教養より感覚に頼って、人々の日々の思いの中から言葉で残すべきものを選び出して(なぜならば人の思いは無数にあってぜんぶは書き切れないから)、精錬の過程を経て紙の上に文字として定着する。詩集を開いた人が声に出して読めるように。

時代精神という言葉があったと思う。ツァイトガイストというドイツ語の翻訳だったか。この六十年を生きてきた我々の思いと考えを力むことなく真っ正直に、巧妙に、言葉にする。思いや考えは実はまだ言葉以前だ。世間には自分で言葉にできない人の方が圧倒的に多いのだから誰かが代表を勤めなければならない。右代表・谷川俊太郎君。

肩に乗るその重さが辛くて彼は「私は詩人ではない」と言った。しかし、彼はうまく自分の思いを言葉にできない人たちを見捨てなかった。

ぜったいに、どんな意味でも深刻でない。高ぶるところを突き放す。こわばった姿勢をウィットでゆるめる。生きることは愉快だと言ってのける。「僕はこの日に出現したとされていると／戸籍課の依田さんは言います／ありがとう依田さん／おめでとう僕」と軽々と書いて、最後に「誰か何かくれ」と締める(「十二月十五日」)。あはは。

ぼくたちはみんな谷川俊太郎を模範として生きてきたと思う。人生のことではない。ぼくは彼の私生活など何も知らない。世間を前にして立っている自分の姿をさまざまな言葉で語って、世間に負けていないと確かめる。ずるはしていないと確認する。真摯であって、しかし真摯がすぎて絶望したりはしない。躍動的な常識が手を貸してくれる。常識は、すぐに世間に寄りすぎて陳腐になってしまうものだが、谷川俊太郎ではそういうことにはならない。

理想的な詩の初歩的な説明

世間からは詩人と呼ばれているけれども
ふだんぼくは全く詩というものから遠ざかっている
飯を食ったり新聞を読んだり人と馬鹿話をしている時に限らない
詩のことを考えている時でさえそうなのだ

詩はなんというか夜の稲光りにでもたとえるしかなくて
そのほんの一瞬ぼくは見て聞いて嗅ぐ
意識のほころびを通してその向こうにひろがる世界を

それは無意識とちがって明るく輝いている
夢ともちがってどんな解釈も受けつけない

言葉で書くしかないものだが詩は言葉そのものではない
それを言葉にしようとするのはさもしいと思うことがある
そんな時ぼくは黙って詩をやり過ごす
すると今度はなんだか損したような気がしてくる

詩の稲光りに照らされた世界ではすべてがその所を得ているから
ぼくはすっかりくつろいでしまう(おそらく千分の一秒ほどの間)

自分がもの言わぬ一輪の野花にでもなったかのよう……

だがこう書いた時
もちろんぼくは詩とははるかに距《へだ》たった所にいる

詩人なんて呼ばれて

詩法 ars poetica のこんなに素直な告白を他で読んだことがない。さりげなく立った背筋の伸びかた、世界を見る視線、言葉と言葉……なんとうまくできた詩人だろうと思い、それを言えば谷川さんは極度に恥ずかしがるだろうとも思う。

戦闘的な詩人たち

先日、パブロ・ネルーダの詩を読んでいてちょっと不思議に思った。なぜ彼は最後まであんなに戦闘的だったのだろう?

この疑問の土台にあったのは、人は老いるにつれて角が取れて丸くなるという陳腐な常識である。戦闘的でなければならない状況で矛を収めてしまうのは卑怯だ。

九・一一というと今、人は二〇〇一年の九月十一日を思い浮かべる。しかしそれ以前、とりわけ南アメリカの左翼の人たちにとってこれは一九七三年九月十一日、つまりチリのアジェンデ政権がピノチェト率いる軍事クーデタによって倒された屈辱の日付を意味した。

アジェンデの政府は武力などに依らず、公正な選挙を通じて成立した世界で最初の社会主義政権だった。ネルーダはフランス大使に任命されて負債軽減などのために力を尽くしたが病を得て帰国、クーデタの十二日後に亡くなった。

その数日前、自宅に捜索に来た兵士に向かって彼は「よく探せよ。ここには危険物は一つしかない。詩だ」と言ったと伝えられる。アジェンデ政権の敗北についてならば、イサベル・アジェンデ(大統領の従弟の娘)が書いた『精霊たちの家』を読むといい。フィクションだけれど雰囲気は本物。

ではその危険物である詩とはどんなものか――

遺産

このように　ニクソンは　ナパーム弾でものを言い
このように　諸民族と諸国民を　台なしにし
このように　不吉なアンクル・サムは　統治する

政治ごろと　ぺてん師どもに　ばらまいた
手の切れるような　ドルの　おかげで
軍用機に乗った　殺し屋どもを　あごで使って

チリよ　おまえは　地理のうえからして
アンデスの　雪と　主権のあいだに　位置し
太平洋と　春のあいだに　位置してきた

人民は　細長い廻廊のような　祖国のために
たくさんの血を流して　たたかってきた
むかしは　飲んで歌うのさえ　法にふれた

あの　かずかずの虐殺を　思い出さないか？
サーベルをくらって　国じゅうが傷だらけで
おれたちは　牢屋に　ぶち込まれたのだ

（大島博光訳）

『ニクソン殺しの勧めとチリ革命賛歌 *Incitación al Nixonicidio y alabanza de la revolución chilena*』（『ネルーダ最後の詩集』）にある詩である。

表現がダイレクトすぎる？　野蛮？

しかしこの詩が書かれてまもなく、実際にチリ革命は軍人たちとCIAの力で倒された。選挙が武力に敗れた。それを予見したネルーダは本気でこの詩を書いた。

その前からこの詩人には二通りの評価があった。一九五〇年に刊行された『大いなる歌』について野谷文昭は「美学的観点からすれば、雑然としていて統一性に欠け、ポエジーが希薄であるといった批判を受ける。あるいは、政治詩のプロパガンダ性に眉をひそめる向きもある。一方、擁護する立場にとっては、その社会性、歴史意識、弱者擁護、人道主義、反帝国主義的姿勢といった特徴が美学を越えた評価の対象となる」と書いている（『マチュピチュの頂』所載「自然と歴史のダイナミズム」）。

危険な詩にはもっとわかりやすい理解の方法もある。

詩ではなくて歌詞、節をつけて歌うための、あるいは朗々とみなの前で読み上げるためのテクストと考えるのだ。つまり個人の魂の奥に分け入って微妙な機微をつぶやくのではなく、多くが共有できる感情を歌う。

三聯目にチリの国土のことが出てくる。「雪と主権のあいだ」「太平洋と春のあいだ」。こうやってチリのみなが持っているものを持ち出すことで共感を誘う。

その一方、ネルーダは官能的な抒情の詩人でもあった。

「すっかり女であるきみ、肉体のリンゴ、熱い月／強い海草の匂い、突き混ぜられた泥と光／きみの円柱の間に開く明晰な暗さは何か／男が五感で触れるのはどんな古代の夜か」(池澤訳)なんて本当に詠み手までうっとりさせる(「まるごとの女よ」)。

これならば「赤ままの花やとんぼの羽根《はね》を歌う」ことにはならないだろう、とぼくは中野重治を思い出して考えた。中野は叙情詩を否定した。「すべてのひよわなもの／すべてのうそうそとしたもの／すべてのものうげなものを撥《はじ》き去れ」と言った(「歌」)。

その中野にも実は女を歌う抒情はある。

「あなたは黒髪をむすんで／やさしい日本のきものを着ていた／あなたはわたしの膝の上に／その大きな眼を花のようにひらき／またしずかに閉じた」がその好例である(「わかれ」)。

しかしここでは戦闘的な中野重治を見よう。

今、彼のような詩人は日本にはいない。それは戦闘の必要がなくなったからではなく、戦うべき相手が分散して、偽装して、見えにくくなったからではないだろうか。あるいは自分の一部が実は敵ということだって考えられる。世界は民主化し、金融化し、暴力の隠蔽がうまくなり、色が派手になり、フェイスブック化し、テロ化し、この国について言えば右へ傾きつつある。いや、もう右も左もないのか。

中野がいたらなんと言うか。

新聞にのつた写真

ごらんなさい
こつちから二番目のこの男をごらんなさい
これはわたしのアニキだ
あなたのもう一人の息子だ
あなたのもう一人の息子　私のアニキが
ここにこのような恰好《かっこう》をして
脚絆《きゃはん》をはかされ
弁当をしよわされ
重い弾薬嚢《だんやくのう》でぐるぐる巻きにされ
かまえ銃《つつ》　たま込め　つけ剣をさされて
ここに
上海総工会の壁の前に
足をふんばつて人殺しの顔つきで立たされている
ごらんなさい　母よ
あなたの息子が何をしようとしているかを
あなたの息子は人を殺そうとしている

見も知らぬ人をわけもなく突き殺そうとしている
その壁の前にあらわれる人は
そこであなたの柔《やさ》しいもう一人の息子の手で
そのふるえる胸板をやにわに抉《えぐ》られるのだ
いつそうやにわにいつそう鋭く抉られるために
あなたの息子の腕が親ゆびのマムシのように縮んでいるのをごらんなさい
そしてごらんなさい
壁のむこうがわを
そこの建物のなかで
たくさんの部屋と廊下と階段と穴ぐらとのなかで
あなたによく似たよその母の息子たちが
錠前《じょうまえ》をねじきり
金庫をこじあけ
床と天井とをひつぺがして家《や》さがしをしているのを
物取りをしているのを
そしてそれを拒《こば》むすべての胸が
まるい胸や　乳房のある胸や　あなたの胸のように皺のよつた胸やが
あなたの息子のと同じい銃剣で
前とうしろとから刺し抜かれるのをごらんなさい

おお
顔をそむけなさるな　母よ
あなたの息子が人殺しにされたことから眼をそらしなさるな
その人殺しの表情と姿勢とがここに新聞に写真になつてのつたのを
そのわななく手のひらで押えなさるな
愛する息子を腕のなかからもぎ取られ
そしてその胸に釘を打ちこまれた千人の母親たちのいることの前に
あなたがそのなかのただ一人でしかないことの前に
母よ
わたしとわたしのアニキとのただ一人の母よ
そのしばしばする老眼を目つぶりなさるな

西脇さんのモダニズムとエロス

出会った途端にがーんとショック、そういう詩がある。最近だと和田悟朗さんの俳句につくづく参った――

トンネルは神の抜け殻出れば朱夏

大蛇《おろち》のような神が身をよじって山の中から天に駆け上る。そこまではわかる。だがその後の五文字を「出れば朱夏」でくるとは！　ぼくの実体験で言えば、北海道の南端、天馬《てんま》街道の野塚《のつか》トンネルを西から東へ抜けた時の印象に重なる。

若い時に読んでショックだったのが西脇順三郎の「雨」――

南風は柔い女神をもたらした。
青銅をぬらした、噴水をぬらした、
ツバメの羽と黄金の毛をぬらした、

潮をぬらし、砂をぬらし、魚をぬらした。
静かに寺院と風呂場と劇場をぬらした、
この静かな柔い女神の行列が
私の舌をぬらした。

なんてうまいんだろうと思った。まずは女神や青銅や噴水が生み出す西欧の雰囲気、意味と響きが見事につながった「ぬらした」という言葉の反復(しかもひらがなだ)、水の匂い、噴水や潮をぬらすというナンセンス、そして小さな女神の列がわたしの舌の上を歩いてゆくというくすぐったいエロス。陽気で明るくて爽やか。これがモダニズムかと思った。

響きについて言えば、七五調などをすっかり排して非日本的でありながらしかしリズムは細密に組み立てられている。

そういうこと全部が七行に詰まっている。

この詩を収めた『ambarvalia』という詩集でいちばん嬉しかったのは臆面もない西洋趣味だ。ラテン語のタイトルを冠した詩集なんてそれまでなかった。

明治以来、西洋に対する日本人の思いは脱臼に近いところまでねじれていた。物質文明として圧倒的な威力を認めざるを得ないがしかし全面降伏はしたくない。だから和魂洋才などと苦しい説明をする。その屈折もわかる。わかる分だけやるせない。やるせないという和語を使うしかない事態だ。

西脇順三郎は和魂に背を向けて西欧に、それも一気に古代まで行ってしまった。一連の詩が「拉典哀歌」という総称でまとめられている。その筆頭が「ヴィーナス祭の前晩　I」――

明日は未だ愛さなかつた人達をしても愛を知らしめよ、愛したものも明日は愛せよ。新しい春、歌の春、春は再生の世界。春は恋人が結び、小鳥も結ぶ。森は結婚の雨に髪を解く。
明日は恋なきものに恋あれ、明日は恋あるものにも恋あれ。

聯は七つまで連なり、すべてが同じ「明日は恋なきものに恋あれ、明日は恋あるものにも恋あれ」というリフレーンで終わる。エロスが生命の原理であり、春はその時期だから、生きるものはすべて性愛へと促される。「晴朗な夜に星が滴らした湿りは処女の蕾を夜明けに濡れた衣から解く」という行が先の方にある。エピタラミオン(祝婚歌)は実は性愛の讃歌である。キリスト教以前の、人が性を隠さなかった時代の精神。

ぼくも洋魂派だったからこの人の詩に共感した。よく旅をしたから、例えば「旅人」は自分のことだと思った――

汝カンシヤクもちの旅人よ
汝の糞は流れて、ヒベルニヤの海
北海、アトランチス、地中海を汚した
汝は汝の村へ帰れ
郷里の崖を祝福せよ

その裸の土は汝の夜明だ
あけびの実は汝の霊魂の如く
夏中ぶらさがつてゐる

ヒベルニア（アイルランド）には行っていないが、我が糞は確かに北海と大西洋と地中海を汚した。アトランチスが伝説の大陸を指すのだとしても、その起源と比定されるサントリニ島は知っている。そういうことを西脇さんと話したかったと思う。

もう一つ、西脇順三郎で感動したのはペダントリーだ。知的な主題を堂々と誇示して、そういうものからも詩は作れると主張する。日本的な湿っぽい心情や実感に媚びることなく西欧由来の言葉を連ねて、それで彼なりの心情や実感に至る。

「ホメロスを読む男」の最後の二行――

しかしその燐光の煙は鶏頭の花や
女神の鼻や腰をめぐる

を読んで、「女神の鼻や腰」に誘われて『ハムレット』のあの場面を思い出した。久しぶりに会ったハムレットと目下《めした》の友人ローゼンクランツとギルデンスターン（無駄に長い名なのでしばしばローとギルと略され、トム・ストッパードの芝居の中でだけ主役になれた哀れな二人）の間の会話――

ハムレット　やあ、君たち！　どうだ、元気か、ギルデンスターン？　やあ、ローゼンクランツ。二人とも、どうだ、調子は？
ローゼンクランツ　まあ月並みの人間なみに。
ギルデンスターン　幸せすぎないのが何よりの幸せといったところ。運命の女神の帽子のてっぺんというわけには参りませんが。
ハムレット　靴の底でもない？
ローゼンクランツ　はい、殿下。
ハムレット　すると腰のあたりか、ご寵愛のまん中だな？
ギルデンスターン　はい、そこそこ目をかけていただいて。
ハムレット　女神のあそこでこそこそやってる？　そうだろうとも、運命の女神は淫売だからな。

松岡和子の翻訳があまりにうまいのでついつい長い引用になった、と言い訳しながら、うまいですよねと西脇さんに話しかけたい。五十一歳の年齢差を超えて、生死の境を超えて、お喋りがしたい。つまりそれくらい西脇順三郎は新しいのだ。

若い時にこんな詩を書いてしまった男はその後どうするか？
ちょっと危ない局面もあった。彼は『ambarvalia』を十四年後に書き直して『あむばるわりあ』というひらがなのタイトルで刊行した。そこでは「雨」は「南の風に柔い女神がやつて来た／青銅をぬらし噴水をぬらし／燕の腹と黄金の毛をぬらした／潮を抱き砂をなめ魚を飲んだ／ひそかに寺院風呂場劇場をぬらし／この白金の絃琴の乱れの／女神の舌はひそかに／我が舌をぬらした」と変えられている。

それは違うでしょうとぼくは言いたい。

腕の悪い詩人が勝手な改変を施したみたい。だいいち、「女神の舌はひそかに／我が舌をぬらした」と女神を単数にしてしまったらただのディープ・キスではないですか。遠く六波羅蜜寺のあの空也上人像まで連想を飛ばさせるような強烈な「柔い女神の行列」はどこへ行ってしまったのですか？

これは気の迷いとしよう。

成熟した西脇順三郎は最初に構成を考えたりしないまま、奔放な連想を繋いでどこまでも行く、散歩のような詩を書くようになった。読者はその愉快な散歩につきあう。同行の喜びを楽しむ。

『旅人かへらず』(この詩集のタイトルも『ハムレット』由来だ。第三幕第一場の有名な独白「旅立った者は二度と戻ってこない未知の国」)の「二五」――

「通つて来た田舎路は大分
初秋の美で染まりかけ
非常に美しかつた
フォンテンブローで昼飯をたべたので
巴里に着いたのは午後になつた」
とある小説に出てゐるが、
死んだ友人にきかしたら

うれしがつて
何かうにやうにや云つたことだらうが

ああそうですかと言って終わるような淡さだが、なにしろぼくはそのフォンテンブローに住んでいたのだから話題は多い。「通って来た田舎路」はひょっとしてバルビゾンからの道ではありませんか？とか、あのあたりでは初秋の黄葉はほんとうに綺麗です、とか、食事はどの店でなさいましたか、とか、性急に話し掛けそうになって、ああフォンテンブローに行ったのは詩人ではなく小説の登場人物だったと思い直す。

隣国の詩と偏見と

ずいぶん前に読んで一度で覚えてしまった詩がある。正確に言うと詩ではなく民謡なのだが、もとを辿れば詩と民謡の間に違いはなかったはずだ。あるとすればそれは今の詩が音を捨てて文字に依りすぎているからではないか。

見ても食えぬは
描いた餅よ
焦《こが》れて添えぬは
人の妻。

リズムといい内容といい日本そのままで、言われるまで訳詩だとは気づかないだろう。七七七五の音律は都々逸などと同じ。実際、これが「三千世界の鴉を殺し、主と朝寝がしてみたい(伝高杉晋作作)」の横にあってもおかしくない。違いと言えば、鴉の方には熊野信仰という日本固有のものがあるのに対して、画餅の方はたぶん世界中どこでも通用することだ。

これは金素雲の『朝鮮民謡選』の一つ。

もう少し拾うと――

「なんとしましょぞ／梨むいて出せば／梨は取らいで／手をにぎる。」とか「一つ枕に／なぜ寝てわるい、／揃《そ》ろて実《な》るぞい／柚子《ゆず》さえも。」とか、また、「水も青いし／樹蔭《こかげ》はよいし／これでさまさえ／いたなれば。」

などなど、みんな三味線に乗りそうだ。「さま」は女から恋人を呼ぶ言葉で、先の都々逸で言えば「ぬし」に当たる。というか、金素雲が訳に際していくつもある類語の中から「さま」を選んだということだろう。琉歌だったら「御主《うんじゅ》」だなと遠い例も浮かんだりして。

訳者が「意訳謡」と呼ぶこの訳は日本に寄りすぎではないか？

そうだとしても、もともと両者が近いのだとしたら……

言語としての系統は違うのに、日本語と朝鮮語は響きが似ている。羽田空港からのモノレール車内のアナウンスは日・英・華・韓の四つの言葉で行われているが、ぼくの耳には韓語がいちばん柔らかく聞こえる。

我々は似たようなメンタリティーを持っているのかもしれない。あるいは共有領域が広いと言うか。顔が似ているとは骨格が似ていることで、そうなると声が似てくる。性格についても同じことが言えないものか。

しかし、類似点を確認することは相違点に気づくことでもある。このあたりが隣人論のむずかしいところだ。立論に都合のよい例を探していけばどちらにでも振れる。

麻の上衣《チョグリ》の

中襟《なかえり》あたり
硯滴《みずさし》のよな
あの乳房、

莨種《たばこだね》ほど
ちらりと見やれ
たんと見たらば
身が持てぬ。

こういうのもある――「紅《あか》い上衣《チョグリ》の／小襟《こえり》の下に／花が咲いたよ／まろまろと、／／花は花でも／乳房の花は／さまのほかには／摘まされぬ。」

日本の民謡・俗謡、和歌で、また古川柳まで含めても、乳房が歌われることはほとんどなかったように思う。浮世絵でもその部分の魅力が強調されることは少なかったのではないかと、これは管見を承知でおずおずと述べる。和服の構造が男性の手の接近を阻み、その分だけ下半身へ関心が向かったとか。伝荷風の春本『四畳半襖の下張』の修羅場でも乳房はほとんど相手にされていない。

一方、朝鮮では十九世紀から短いチョゴリが流行して乳房露出が珍しくなくなったらしい。とりわけ男の子を産んだ下層階級の母親は胸を露わにしたと。母性とセクシュアリティー、どちらが主題だったのだろう。

さて、この本の主題は詩であった。乳房ではない。
同じ金素雲の『朝鮮童謡選』に愉快な詩がある――

前の小屋も　トング　トング
背戸の小屋も　トング　トング
搗《つ》いたは　米よ
炊《た》いたは　飯よ
食べたは　たのしみ
垂《た》れたは　野糞《のぐそ》。

おいしい話を読んでいって、最後の脱糞で脱力する。スカトロジーの威力だ(「トング　トング」は杵の音)。
この言葉が日本の詩歌にないわけではない。ぼくは「広々と心せわしき野糞かな」という川柳を思い出したが、しかし公認された子供の歌に排泄というテーマは見あたらない(「みっちゃんみちみち……」は非公認としよう)。
継子いじめは万国共通のはずだが、日本では、『落窪物語』など物語やお伽話にはともかく、童謡・わらべ歌には見えない。だが、朝鮮の童謡で継母に対する怨念は珍しくない。

母さんが入る

大門《だいもん》 開けな
金の茣蓙《ござ》 出して。

継母《ままはは》が入る
溝《どぶ》の穴 通せ
針の莚《むしろ》 敷いて。

見るべきは「溝の穴」と「針の莚」を対比するレトリックの妙なのかもしれない。嘲笑と悪罵は言葉の大事な機能だ。

こうやって小さな例を一つ一つ拾ってゆくとやがて偏見の袋小路に入り込むような気がする。旅行などの半端な体験がこれを助長する。朝鮮・韓国の人たちは感情の振れ幅が大きくてその表現が豊かないし大袈裟、と言ってしまっていいのか。

十三歳で日本に渡って以後ほとんど日本で過ごした金素雲は両者の間のどの位置に立っていたのだろう。

『朝鮮童謡選』に寄せられた北原白秋の「一握の花束」という短文が見事にことの次第を説明していた。

彼はまず九州に生まれた自分にとって彼我の距離はまこと近かったことを語る――「古老の夜話にも韓《から》のことがよく語られもすれば、漁師の女房たちにも降って湧いたような韓《から》の子の母に対する嫉妬沙汰もよく起った」。

この嫉妬沙汰という具体性がよくて、漁師が行く先々に妻を持つのが国際化ということではないかと半ば冗談で思うが、それはともかく、白秋はこう続ける――

「朝鮮の童・民謡は国情国性の然らしむる幾多の理由において、日本のそれらより以上の辛辣な皮肉と譏笑《きしょう》とに恵まれている。悲痛味も多い。表面的の儀礼と語彙とにおいては寧《むし》ろシナの影響から禍いされ過ぎている。ただ純粋の童謡においては児童性の天真流露と東洋的風体とを通じて日本のそれらと極めて近似関係にある。童謡は殆ど東西軌を一にしているが、いわゆる韓の児童生活と感情とは筑後柳河の私たち童子にことに親しみ深く交流するものがあって、それらは愈々私の微笑を豊かにしてくれる」。近いということが大事なのだ。このあたりの漁師にとって朝鮮は決して遠いところではなかった。逆に向こうから来る人がいたことも、例えば村田喜代子の傑作『龍秘御天歌』などを読めばわかる。これは集団で渡来した陶工たちの物語で、文化・民俗はこんな風に入り交じったのかと愉快に納得できる。

その一方、「シナの影響から禍いされ過ぎている」という一節を読んで、白秋もまた時代の偏見と無縁ではないと気づく。

それでは最後に近代的な抒情詩を一つ。金素雲訳『朝鮮詩集』から、金東鳴の「海」――

ふたゝび　われの若きにかへるは
かのなつかしき裳《もすそ》の
わが脚にまつはるとき。
やがて　たをやかの腕《かひな》に

わが抱かるゝとき
骨は真白き貝殻のごと
かの懐に在りて光り燦《きらめ》く幻覚に酔ふ。
わが胸を小さき港湾《みなと》に譬へなば
うねり寄る渚の波は
異国《とつぐに》の夢齎するわが訪《おとな》ひ人
想ひは千尋の海底《うなぞこ》の海草と揺るゝなり。

批評としての翻訳

蔵書という話題が出るとぼくは聞き役に回る。

人なみに本は読んできたが、それを大事に取っておくということはしなかった。貴重な本、美しい本でもさっさとリサイクルに回す。早く言えば古書店に引き取ってもらう。他の商品と異なって書物はそのまま書物として次の利用者の手に渡すことができる。捨てるのではないから始末しても気が咎めない。

本を手元に置かない理由の第一は、引っ越しが多いこと。生まれつき移り気で落ち着きのない性格で、数年ごとに住む場所を変えてきた。大量の本を抱えての転居はむずかしいから普段から本をため込まないよう心掛けている。

第二は、この方が本質的だと思うが、コレクションの趣味がない。まったくない。敬愛する作家の書いたものをすべてそろえるとか、それも初版本がいいとか、そういう思いが湧かない。そういえば子供の頃、昆虫採集もしなかった。

しかし、それでも手元に残る本がある。

自分が書いたものさえ欠けているのが多い中で、繰り返される引っ越しの試練に耐えて残っている数十点がぼくの蔵書と言えるだろう。

その一冊が『葡萄酒《ぶどう》の色』。吉田健一の訳詩集で、垂水書房版限定五百部の二六六番。

いや、そういうことを云々するのは嫌なのだ。ぼくの父・福永武彦は自分の本の豪華限定版を作るのが好きで、中には用紙まで特漉き、enfance という透かし入りの本を作って喜んでいた。表紙はもちろん仔羊の革とかでまことに美しい。しかし、限定版などというものはグーテンベルグの精神に反する、需要に応じていくらでも再版できるのが書物の基本原理だ、とぼくは父に嫌みを言った。父は鼻でふんと笑った(我々はだいたいいつもそういうやりとりだった)。

だから『葡萄酒の色』が限定版であることはどうでもよろしい。装丁が丁寧で、濃紺の箱入り、大きさの割に軽くて、精興社の活字が綺麗……というようなことは喜ばしいが、それも本質ではない。まして、三十年以上前にどこか地方の古書店の棚で見つけて、五百円という値がついていたのでしめたと思いながらさりげなく買って、店主の気が変わる前にと急ぎ足で店を離れた記憶など、この本の価値に何を加えるものでもない。

ぼくはこの本の文体が好きだ。それに尽きる。

ずっと読んで身に染みついているから、以前シェイクスピアを取り上げた時も『葡萄酒の色』にある吉田健一訳のソネットを引いた。

どう言えばいいのだろう？　英語感が残るわけではなく、日本語に媚びてすり寄るわけでもなく、両者の間のちょうどよい距離の地点にいるように見えて、実はそこから少しだけ横に入った典雅な領域に吉田訳は立っている。意味の上では息の長い詩句が英語ではリズムで刻まれているのだが、それがわずかに破格の日本語にうまい具合に移されている。

もう我々はこのやうに夜遅くまで
　さ迷ひ歩くのは止めなければ。
我々の心は昔通りに愛し合つてゐて、
　月は以前と変らず明るくても。

剣の刃は鞘より長持ちがし、
　魂は胸を疲れ果てさせる。
我々は息をつきに立ち止りたくなつて、
　我々の恋も休まなくてはならない。

それ故に、夜は昔と変らず我々の心を誘ひ、
　朝が来るのが早過ぎても、
我々はもう月明りに
　さ迷ひ歩くのを止めよう。

これはバイロンの「もう我々はこのやうに」という詩で、こういう感情は英語の詩でしか表現できないと思う。長い恋に疲れて、だからと言って別れることなどできないとわかっている時、「休まなくてはならない」とつぶやく。相手もうなずいて、二人は手を取り合って恋路の道端に腰を下ろす。その道

をもっと遠くまで歩くために。

このようなけだるい感情は爛熟した社会ならばどこにでもあっただろうが、しかしこの心の動き、思いの行き来は和歌にはなりそうにない。和歌は、私はこの恋に疲れたとは言っても、相手に向かって一緒に休もうとは言わないだろう。まして漢詩とは無縁の世界。フランス語でも無理ではないかと考え、これが英語なのだと納得する。

それが日本語で読んで伝わるところが翻訳の力である。

近頃刊行された岩波文庫版『葡萄酒の色』には付録として吉田健一の「飜訳論」が付いている。いきなり「飜訳は一種の批評である」というところから始まる。

普通の人が批評という言葉を聞くと、それはあの本はいい、あの本はダメだ、という評価のこととしか思わない。しかし少し真剣な実作者の側から見れば、批評とは方法に対して意識的な文学への接近の経路のことだ。書いたものを、これでよかったのかとすぐに問い直す。その結果を経て次の一歩を踏み出す。批評の視点は外部にあるが、しかし実作者はいつも自分の中に批評家を養っている。

「飜訳に就て確かに言えることの一つは、我々が原作に何かの形で動かされたのでなければ、碌《ろく》な仕事が出来ないということである」と吉田健一は言う。その先で彼が言っているのは、精読・愛読は必ず批評的な感想をもたらすということであって、自分を無にしての精読などあり得ない。そもそも読むという行為が批評を含むのだ。

近代の文学はそれ以前に増して批評的に作品に向かうようになった。ジョイスの『ユリシーズ』など一行ごとに自分が書いたばかりの文章を批評の鉄具で鋤《す》き返して畝《うね》を立ててゆくような創作過程で、総じてモダニズムは批評を重視する。

訳詩集は翻訳以前に選択であり、選択は言うまでもなく批評的な行為だ。『月下の一群』を編むに際して堀口大學は広い交遊関係から親しくなった詩人たちの作品を選び、その周辺を選び、まこと同時代的かつ社交的に詩を並べた。

吉田健一はもっと戦略的である。英語圏をもっぱらとしてそれに少しフランス語圏を加えたこの本の目次は、近代とは何かという問いへの見事な解答とぼくには思われた。彼は選択と配置によって今すぐ役に立つ若い文学者のための文例集を構築する。シェイクスピアのソネットがたくさん、ラフォルグの「最後の詩」が全部、エリオットの「荒地」が全部、とりわけ大きなこの三つのブロックが吉田健一の歴史観を支える。

近代の後には現代が来る。どうしようもないこの時代に我々は生きている。

人間を作り、
鳥と獣と花を生じて
凡てをやがては挫く暗闇が
最後の光が差したことを沈黙のうちに告げて、
砕ける波に仕立てられた海から
あの静かな時が近づき、

私がもう一度、水滴の円い丘と
麦の穂の会堂に
入らなければならなくなるまでは、
私は音の影さへも抑へて、
喪服の小さな切れ端にも
塩辛い種を蒔かうとは思はない。

一人の女の子が焼け死にした荘厳を私は悼まない。
私はその死に見られる人間を
何か真実を語ることで殺したり、
これからも無垢と若さを歌つて、
息をする毎に設けられた祈禱所を
冒瀆したりすることをしないでゐる。

ロンドンの娘が最初に死んだ人達とともに深い場所に今はゐて、
それは長く知つてゐた友達に包まれ、
その肌は年齢を越え、母親の青い静脈を受け継ぎ、
それを悲まずに流れ去るテエムス河の
岸に隠れてゐる。

最初に死んだものの後に、又といふことはない。

ディラン・トマスの「ロンドンで一人の子供が火災で死んだのを悼むことに対する拒絶」である。現代にあってこの詩を必要とする事態はあまりに多い。ぼくに対してこの詩はある人々にとっての『般若心経』や蓮如の『白骨の御文』や賛美歌「主よみもとに」のように作用する。そして、ぼくは吉田訳に導かれて原文にも親しんだが、しかし今もってこの日本語で充分と思っている。そういう訳なのだ。

李白からマーラーまでの二転三転

夏の盛りをザルツブルクの音楽祭で過ごした。十日間で十か所の会場に足を運んでいろいろな演目を聴いた。この間すっかり音楽漬けで、頭を傾けてとんとんと叩いたら耳から音符がぱらぱらとこぼれ落ちそう。

とりわけよかったのがリッカルド・ムーティのウィーン・フィル、ではなくて、サイモン・ラトルが振るベネズエラ国立子供オーケストラだった(ベネズエラ国立青少年オーケストラとは違う)。曲目はマーラーの交響曲一番。演奏とは伎倆と感性のみでなくさまざまな要素と条件が居並ぶ場だから、結果としてこういうことにもなる。再度聴きたいと思わせる力があったのが彼らのマーラーで、実際二度聴いた。

ベネズエラの「エル・システマ」のことは日本でどれくらい知られているだろう?

子供たちにヨーロッパの音楽を教える国家的な制度で、この国ではスラムにバイオリンが響くと言われた。ソリストを見出す英才教育ではない。仲間との共演をもっぱらとするオーケストラの育成。少年院がそのまま音楽教室になったりして、今では全国で四十万人近い子供たちが参加している。この中から育った一人が(陳腐な言い方だが)今や指揮者として世界のスーパースターの地位にあるグスターボ・ドゥダメル。

若いマーラーの一番のあの明朗な音調が年少の奏者たちの元気とうまく合って、随所で音が譜面の枠からあふれるような躍動感を楽しんだ。

それでマーラーをもっと聴く気になって、帰りの飛行機の中でもずっと耳元で鳴らしていた。その一つが、当然ながら「大地の歌」。あれが本人が言うように交響曲であるかどうかはどうでもいい。オーケストラのついた歌曲として、あるいはその逆として聴くだけ。旅先で入手したのは新しいものがなくて、ヨセフ・クリプスが振ってフィッシャー＝ディスカウが歌うというずいぶん昔の版だった。

歌だからドイツ語の歌詞が気になる。李白など中国の詩をもとにしたというが、どういう翻訳なのだろう。第四曲「美について」を精読してみた。敢えて元の語順を残した直訳調の神崎正英の訳で、歌を聞きながら詞を目で追うにはこれが最適——

若い乙女たちが摘んでいる、花を、
摘んでいる、蓮の花を、岸辺のあたりで。
茂みと葉と葉の間に座り、
集める、草花を、その膝に、そして呼びあう
互いにふざけて。

金色の太陽がそっと包む、その姿を、
映し出す、彼女たちを、きらめく水の上に。

太陽は映し出す、そのほっそりした手足を、
その甘い瞳を、その上に、
そして西風の精が持ち上げる、甘えるように
その布地を、彼女たちの袖の、
運んでいく、魔法の香りを、風に乗せて。

おや見て、なんと駆け回る美しい少年たち
岸辺の向こうで駿馬に乗って、
遠くで輝く、陽光のように、
見る間に枝の間、緑の柳の
飛ばしてくる、少壮の一群がこちらへ！

一人の馬が陽気にいななき、
また怯え、またどっと行き、
花の上、草の上、行き交う蹄、
踏みつぶす急突進し倒れた花、

ハイ！　靡かす夢中でたてがみ、
湯気が熱く鼻の穴から！

金色の太陽がそっと包む、その姿を、
映し出す、彼女たちを、きらめく水の上に。

そして中でも最も美しい若い乙女が送る
長い眼差しを彼に、憧れを込めて。
彼女の澄ました態度は、お芝居にすぎない。
きらめきの中に、彼女の大きな瞳の、
暗やみの中に、彼女の熱い眼差しの
揺れ動く悲しげになお、ときめきが、彼女の心の。

岸辺で蓮の花を摘む少女たちと馬に乗った少年たちが出会う。視線が交わされ、一瞬の恋情が成立する。いかにも想像しやすい情景で、崔國輔の「春日路傍情」(「長楽少年行」)を思い出す。それを充分に味わった後で李白に行ってみる。こちらは松浦友久編訳の『李白詩選』から。

採蓮曲　採蓮《さいれん》の曲

若耶溪傍採蓮女　若耶渓《じゃくやけい》の傍《ほとり》　採蓮の女《むすめ》
笑隔荷花共人語　笑って荷花《かか》を隔てて　人と共に語る

日照新粧水底明
風飄香袖空中擧
岸上誰家遊冶郎
三三五五映垂楊
紫騮嘶入落花去
見此踟蹰空斷腸

日は新粧《しんしょう》を照らして　水底《すいてい》に明らかに
風は香袖《こうしゅう》を飄《ひるがえ》して　空中に挙《あが》る
岸上《がんじょう》　誰《た》が家の遊冶郎《ゆうやろう》
三三　五五　垂楊《すいよう》に映ず
紫騮《しりゅう》　落花《らっか》に嘶《いなな》き入りて去るも
此を見て踟蹰《ちちゅ》し　空しく断腸

若耶渓のほとりで、蓮を採る女たち、
笑い、さざめき、ハスの花ごしに語りあう。
日の光は、化粧したての姿を照らして、明るく水中に写し出し、
流れる風は、香わしい袖をひるがえして、高く空中に吹き挙げる。
岸辺には、どこの浮かれ男《お》たちか、
三三、五五と、しだれ楊《やなぎ》の葉かげに見えかくれ。
栗毛の駒は嘶いて、花ふぶきの中に去ろうとするが、
女たちを見ては行きつ戻りつ、空しく心を揺さぶられるばかり。

一読して思うのは、ずいぶん言葉が増え、その分だけ描写が細かく緻密になったということ。李白の詩には踏まれた花も馬の鼻の穴も出てこない。それから、李白では恋情の主は若者なのにマーラーではそれが乙女の側になっている。運動感を尊重すればすぐにもその場を去れる若者が立ち去りかねるのが

正しいと思うが、まあ許容範囲か。

漢文を少しは知っていてドイツ語も響きくらいはわかる日本語人としてのぼくたちはこの二つのテクストを楽しめる。「若耶渓」という地名を独訳は消しているが、松浦訳の注には「美女の西施が蓮を採ったという伝承をもつ」とある。蓮の名所なのだ。「ひそみにならう」とか芭蕉の「象潟《きさがた》や雨に西施がねぶの花」とか連想が広がる。「遊冶郎」もよく知っている言葉だが日本語ではこの詩の例よりもっと崩れた感じではないか。遊蕩児とか遊び人とか。ここでは群れて馬で遊んでいる若者たちというだけで、この健全な感じはつまりこれが夜の繁華街ではなく真っ昼間の郊外だからだろう。「断腸」という表現も大げさな割にたいしたことはないとぼくたちは知っている。

ドイツ語の方は最初の一行を見て笑ってしまった。

Junge Mädchen pflücken Blumen って

Young maidens pluck flowers

とすればそのまま英語ではないか。子音をたくさん嵌め込めばドイツ語になるわけでもないだろうが。

マーラーに漢詩の知識はなかっただろうと思って調べてみると、この歌詞には三人の翻訳者が関わっていた。漢語からフランス語、そしてドイツ語、さらに、という三重訳なのだ。

最初はエルヴェ・サン＝ドニの手になる仏訳で、ここではまだタイトルに Sur les bords du Jo-yeh と「若耶渓」の地名が残っているし八行も保たれている。それをハンス・ハイルマンという男がドイツ語に訳した。サン＝ドニに忠実でまだ八行、地名もそのままある。これを自由勝手に改変したのがハンス・ベトゲで、その成果が『中国の笛』という半ば創作的な訳詩集。もう行数は三倍近くに増えている。

マーラーはここに歌詞を得て『大地の歌』という曲集を作った。

翻訳というのは情感や思想の共有である。少女たちが花を摘み、そこに騎馬の少年たちが来て、少し離れたところからその姿に目を留める。心が動く。どこの国でもあることだから訳してもメロディーに乗せても価値が保たれる。

音楽について書くのはつくづくむずかしい。歌詞は引用できても音は聞かせられない。言いたいことの半分も伝わらないもどかしさだ。

神崎正英の訳は左記にある——

http://www.kanzaki.com/music/ecrit/mahler-erde.html

酒と詩とアッラーの関係について

友人の家に行ってすぐ書棚を物色するのは悪い癖だ。「汝の隣人の妻」より「汝の隣人の蔵書」の方がまだ穏当だとしても。

この連載の約束は俎上に載せる詩が岩波文庫のどこかにあることで、だからぼくは詩に関わる岩波文庫をずいぶんたくさん持っている。だがこの友人の書棚にあった『アラブ飲酒詩選』(アブー・ヌワース／塙治夫編訳)というのは知らなかった。アラブと飲酒とは矛盾するのではないか。「これちょっと貸して」とさりげなく言うのに対する顔はビミョー。そうやって出ていってそれっきりになった本は少なくない、と言外に訴えている。大丈夫、返すったら。

アブー・ヌワースは八世紀半ばに今のイラクとイランの国境のあたりで生まれた。世がウマイヤ朝からアッバース朝に変わった頃だ。だから彼の活躍期は『アラビアン・ナイト(千一夜物語)』で知られる名君ハルン・アル＝ラシードの治世に当たる。

さて、酒だ。ムハンマドは信仰の妨げになるからと酒を禁止した。しかし実際にはまったく飲まないのはとても厳格な信徒だけだったらしい。今のイランやサウディ・アラビアのように厳しくはなかったのだ。

実際、「バグダードの郊外にはキリスト教徒やユダヤ教徒が経営する酒家が増え、そこでは世界各地から女奴隷として連れてこられた妙齢の佳人が侍《はべ》り、少女にも見紛う美童が酒の酌をした」と本書の解説にある。

世間は飲酒を難じるが、それでも自分は飲むのだという宣言ないし開き直りがアブー・ヌワースの詩のおもしろさだ――

アラブの騎士

ビシュルよ、剣と戦いは私に何の関係があろう。
　私は遊びと楽しみのために生まれてきたようなもの。
私は合戦と出陣の求めに臆病となる男、
　だから、私を頼りにしないでくれ。
もしハワーリジュが攻めてくるのを見たら、
　私は子馬の尻尾に手綱をつけることだろう。
私は両腕も、楯も、どう使うか知らず、
　兜《かぶと》と胸当ての区別も知らないのだ。

私の関心は、戦争が起きたら、
　逃げ道はどちらかということだ。

酒宴なら、黒衣を着て気取った
　美女を相手に生《き》の酒を飲むことなら、

乙女の許に寝て、彼女と口づけすることなら、
　あなたは私がアラブの騎士であることを知るだろう。

まるっきりぼくと同じ考えだ、と思うとこの人が好きになる。戦争になったら真っ先に逃げよう。それはそれでなかなか勇気が要ることだし、そう宣言するのも勇気が要る。ビシュルは友人で、ハワーリジュはイスラムの過激派と説明にある。
彼は乙女もいいが少年も好ましいと思っていたようだ。根っからの官能の徒だったのだろう。

色白の若者

或る夜、私は幸せに寝た、
　色白のにこやかな若者の許に。

彼は酒家の給仕、顔立ちが美しく、
　酒をつぐとき公正で、ごまかさない。
彼は夜通し私に酒をついでくれた、
　酒瓶から銀の盃《さかずき》になみなみと。

これを読むとアブー・ヌワースから三百年後に生まれたもう一人の酒の詩人と比べたくなる。言わずと知れたオマル・ハイヤーム。左党宣言ないし開き直りという基本の姿勢が似ている。フィッツジェラルドの英訳もいいが、ここは小川亮作の原典訳『ルバイヤート』で見てみよう――

76

身の内に酒がなくては生きておれぬ、
葡萄酒なくては身の重さにも堪えられぬ。
酒姫《サーキイ》がもう一杯と差し出す瞬間の
われは奴隷だ、それが忘れられぬ。

似てはいるが、オマル・ハイヤームにはどこか諦念がある。どうせ儚い命ならば酒でも飲んで過ごそうという思いが漂っている。酒の背後に死が透けて見える。

62

新春《ノールーズ》　雲はチューリップの面に涙、
さあ、早く盃に酒をついでのまぬか。
いま君の目をたのします青草が
明日はまた君のなきがらからも生えるさ。

というところまで筆を進めて、たまたま別の興味から吉田健一の「残光」という幻想的な小説を読んでいたら、彼がこう書いていた――「全くもう何も不足はない筈だといふ気がして、よく考へてみると、カイヤムの「ルバイヤツト」ではパンと水、それから女が一人に本が一冊といふことになつてゐたのを思ひ出した」。

ぼくも見た記憶があると思って岩波文庫の『ルバイヤート』を探したがどうも見つからない。名高いフィッツジェラルドの英訳から重訳を試みれば(12番)――

木の枝の下、一冊の詩集
壺にはワイン、一切れのパン、そしてきみ
荒野のただ中で私のために歌うきみ

そこで荒野は楽園となる

イスラム世界の詩人はどうも酒に対してどこか鬱屈がある。やはりムハンマドの禁令が無視できなくて敢えて逆らったり、あるいは飲む理由に世の無常を持ち出したりしている。こんなに楽しいものが罪でないはずがないと言わんばかり。

中国の詩人たちはもっとまっすぐに酒を賛美した。杜甫に「李白は一斗《いっと》　詩　百篇《ひゃっぺん》」と読まれた（「飲中八仙歌」）その李白の陶酔がいい例だ——

月下《げっか》独酌《どくしゃく》

其の一

花間一壺酒　　花間《かかん》　一壺《いっこ》の酒
獨酌無相親　　独《ひと》り酌《く》みて　相《あ》い親しむもの無し
擧盃邀明月　　杯《さかずき》を挙げて明月を邀《むか》え
對影成三人　　影に対して三人と成る
月既不解飲　　月　既に　飲むを解せず
影徒隨我身　　影　徒《いたず》らに　我身に随《したが》う
暫伴月將影　　暫く月と影とを伴って
行樂須及春　　行楽　須《すべか》らく春に及ぶべし

我歌月徘徊
我舞影凌亂
醒時同交歡
醉後各分散
永結無情遊
相期邈雲漢

我歌えば　月　徘徊し
我舞えば　影　凌乱す
醒《さ》むる時　同《とも》に交歓し
酔いて後《のち》　各ゝ《おのおの》分散す
永く無情の遊《ゆう》を結び
相い期す　邈かなる雲漢《うんかん》に

（わかりやすいから和訳を引く必要もあるまい。最後の雲漢は銀河のことだそうだ。）

この自己完結の姿はどうだろう。ここには友人美女も美少年も、もちろんアッラーも含めて、他者の入る余地がない。月の下で一人の男が気持ちよく酔って歌ったり舞ったり。

「山中與幽人對酌（山中にて幽人《ゆうじん》と対酌《たいしゃく》す）」にしても、「我醉欲眠卿且去／明朝有意抱琴來（我れ酔いて眠らんと欲す　卿《きみ》且《しばら》く去れ／明朝　意《い》有らば　琴を抱《いだ》いて来《きた》れ）」というこの勝手ぶりは却って小気味よい。この場合、詩人が山中の幽人（隠者）のところへ行って飲んでいるのではないのか？　ならば帰るのはゲストである詩人の方ではないのか？　傍らに人あって無きが若《ごと》しとはこのことだ。

ぼくにはこの李白の酔いかたの方が好ましい。絶対者に対する自分の位置を常に計りながら生きるのが啓示の宗教だとしたら、ぼくがそこに入っていけない理由はこんなところにあるのかもしれない。

歓喜から自由へ

夏からの音楽まみれがまだ続いている。

岩手県大船渡にいる友人の母堂が趣味の多い方で、毎年年末に近くなるとあれの練習を始める。そのための楽譜や「カラオケ&合唱パート別レッスン」というCDも売られているくらいだから、日本中ではいったい何万人が練習に勤しんでいることか。

沖縄にいる別の友人は「この季節はやっぱりぼくの出番でしょう」と言っていた。彼はプロの民謡歌手でその名は大工《だいく》哲弘。自分専用のバックコーラスを育てて「カーペンターズ」と名付けるというあの話はどうなったか。

それは冗談だが、話題はベートーヴェンの交響曲第九番「合唱付き」である。「第九《だいく》」と言うだけで誰でもわかる。

なぜあれを大晦日に演奏するのが行事になったのだろうか。一説には、ドイツでそういう習慣があるからと戦時中に始められたと言うが、それは早とちりだったらしい。日本でのみ突出した現象ということか。(しかし、テオ・アンゲロプロスの最後の作品『エレニの帰郷』には、二十世紀最後の大晦日にベルリンのラジオ局が第九を放送する場面があった。)

あの曲は基本的に明るいし、合唱のパートは(下手でもよければ)素人の参加の余地がある。なんとなく景気がよくて、充分に長くて、歌い終われば達成感があって、一年を締めくくるのにふさわしい。そのためか、行く年は「第九」で終えて、来る年をウィーン・フィルのヨハン・シュトラウスで始めるというのが定着した。

詩のことを考える時、いつも詞との違いが気になる。

目で読むのが詩で、節をつけて歌うのが詞だという説明もあるがこの区別はそう簡単ではない。もともと詩とは歌うものではなかったか。少なくとも韻を踏んで朗唱するもの。目で見て黙読するだけの詩というのは本来の姿ではない。と言ってこれまで自分が目に頼る詩を書かなかったわけではないが。

ぼくはかつて友人池辺晋一郎と組んでずいぶんたくさん合唱組曲を作った。内容についての煩悶とは別に一つ形式的なルールを自分に課した。耳で聞いただけで意味が取れることを目指す。同音異義の多い漢語はなるべく使わない。詩ならば「濡れれば潮／乾けば塩」も許容するが詞ではこれはアウト。

歌謡曲では詞は大事にされる。作詞家は作曲家と同じくらい偉いとされているし、ビートルズでも歌詞は大事だ。しかし洋楽では詞はずいぶん軽い。実際、ベルカント唱法で歌詞を聴き取るのはむずかしい。だから「椿姫」の作曲者はヴェルディと誰もが知っていても作詞者の名を知る者はまずいない。

だいたいオペラの歌詞はストーリーを進めるためにあるのであって、言葉を聞き取って感動するためではない。だから単純で、繰り返しが多くて、詠唱の邪魔にならないようにできている。そうでなくては三重唱・四重唱など成り立たない。

で、「第九」はどういう歌詞なのか？

みんなが正装して大きな口を開けて歌っているあのドイツ語はどういう意味なのか？「喜びをうたう」というシラーの詩をベートーヴェンは聯の順番を入れ替えたりして使っている（歌いはじめのバリトン独唱「おお友よ、こんな曲ではなく……」はベートーヴェンがいわばイントロとして加えたものでシラーにはない）。手塚富雄の訳を歌詞に合わせて並べてみれば——

喜びよ、きみは美しい火花
　天のむすめ、
火のように酔ってわれわれは
　きみの神殿にふみのぼる。
神の力できみはふたたび結ぶ
　時の波濤《はとう》のへだてたものを。
人はみな兄弟だ、
　きみのやさしい翼のおおうところ。

大きい願いがみたされて
　ひとりの友の友となったものは
やさしい女の愛をかちえたものは
　いや——この世に生まれて
たった一人の心をでも自分のものと呼べたものは

列にはいって歓呼の声をあげろ。
そうでない者は隅へ下がって
指をくわえているがいい。

ありとあらゆる存在は
喜びを自然の乳房から飲む、
善人も悪人も
そのバラ色の足あとを追う、
それはわれらに接吻と葡萄《ぶどう》と
水火を辞せぬ友とをさずける、
肉体の快楽は蛆虫《うじむし》にあたえられたもの、
だが喜びの天使は神のまぢかに立っている。

こうやって書き写している間もあのメロディーが頭の中で鳴っている。これが音楽の困るところだ。妄想や性欲と一緒で自分の意思では逃れられなくなる。

もっともぼくは最近、逆の順序での固着に悩まされている。純粋に音楽だけを聴こうと思っても昔たまたま覚えた歌詞が執拗についてまわる。具体的に言えば「椿姫」のあの有名なアリアに堀内敬三の「ああ、そは彼の人か」の訳詞「いつか人知れず、切なる恋を、切なる恋を……」が、DVDのナタリー・デセイの美声に重なって聞こえる。イタリア語ならば聞いても意味がわからないから音楽でしかないのに、微妙にずれた日本語はその意味が脳裏をちらちらする。スイッチが切れない。それはつまり堀内敬三の訳詩が日本語としてとてもよくできているということだ。「い・つ・か……」と下がって「ひーとしーれずー」と上がるところ、言葉のアクセントがメロディーに合っていてカラオケ的に気持ちがいい。それが純粋なデセイ観賞を邪魔する。

シラーの詩について興味深いのは、これはもともとは「喜び(あるいは歓喜)」を讃えるものではなく「自由の讃歌 Ode An die Freiheit」だったというところだ。

一七八五年にシラーはフリーメイソンの儀式のためにこの曲を書いた。それが革命真っ最中のフランスに伝わり Hymne à la liberté として流行した。「ラ・マルセイエーズ」の節に合わせて歌われたという。

そこでシラーはテーマを「自由」から「喜び」に変えた。

彼がどういうつもりで変えたのか、今のぼくにはこの詩人に関する知識が不足していてわからない。

ひょっとしてフリーメイソンが介入したのでは?

ヨーロッパ史においてこの結社の力はしばしば強調される。しかし実際には「自由な石工」たちの組合に陰謀の力などはなく、ただ互いに友愛を確認するだけだったのではないのか。

拡散してゆく社会において逆にまとめる原理が欲しいというのはわかる。神と教会の圧倒的かつ垂直的な力とは別に世俗の水平的な繋がりも欲しい。それが例えばフリーメイソンではなかったのか。

横の繋がりと言えばギルドを想起せざるを得ない。石工はもちろんのこと歌手にまでギルドがあって、それがワグナーの「ニュルンベルクのマイスタージンガー」の背景。

あとは音楽関係の話題で言えば、「魔笛」を貫く隠れた原理がフリーメイソンで、だからあのオペラには三という数字が頻出するのだとか。

今の日本ではシラーという文学者は少し影が薄いかもしれない。かつて岩波文庫には『群盗』があり、『マリア・ストゥアルト』があり、『オランダ独立史』があり、『三十年戦史』があった。このうち『三十年戦史』第一、二部二巻が刊行されたのは一九四三年から翌年にかけて、つまり戦争の真っ最中だ。日本人の教養主義は戦争よりも強かったのか、あるいは戦争とドイツとの同盟が出版を後押ししたのか。今、新刊書として手に入るのは『ヴァレンシュタイン』のみ(連載当時)。

『マリア・ストゥアルト』はドニゼッティがオペラにした(最近だと二〇一三年二月にニューヨーク・メットが上演している。ぼくはライブ・ビューの映画を見ただけだが)。そこからヴェルディの「ドン・カルロ」も原作はシラーだったと連想が走る。

シラーにはドイツを超えてヨーロッパぜんたいを指向する姿勢があったのかもしれない。「世界文学」の提唱者ゲーテとそれを共有していたとか。

『マリア・ストゥアルト』はスコットランドの女王(メアリ・スチュアート)の話だし、「ドン・カルロ」はスペインの王子でそこにオランダの独立という主題が重なっている。『ヴァレンシュタイン』はドイツの話だが、これも列国の中で戦乱を通じていかにドイツを確立するかという主題に繋がっている。シラー自身の時代にはドイツは分裂、オーストリアの方がずっと力があった。ヨーロッパ指向はフリーメイソンの普遍的啓蒙主義に合っていたのかもしれない。EUの起源をここに求めることもできる。

詩と散文、あるいはコロッケパンの原理

数え年にして六十九の手習いで『古事記』を読んでいる。

今さら諸賢に言うまでもないことだが実におもしろい。本文だけでなくそこから派生する知識・学識も広大無辺で、追い掛ければ果てもなく正に亡羊の嘆に至る。

例えば、ネズミの語源。こんな基本的な語彙に語源があるのかと思った。ネコは「寝る子」だというのはフォーク・エティモロジーだ。寝るというのはネコの属性の一つでしかない。

しかし、ネズミが「根の国に住むもの」だという新井白石の説は納得できる。『古事記』では「根の国・根の堅州《かたす》国《くに》」は異界であると同時に地下世界だった。大国主神《おほくにぬしのかみ》が野原で火に巻かれた時、地下の洞穴に逃げなさいと忠告したのがネズミ。「内はほらほら、外《と》はすぶすぶ」と入口が狭くて奥は広いことまで教えてくれる。

話が逸れるが、動物の語源でわからないのがリスだ。これは栗鼠《りっそ》の音読みが崩れたものだが、なぜリスのように有史以前から身辺にいた動物に漢語由来の名がついたのだろう。「クリ・ネズミ」のような合成語であったとも思えない。それは都人の呼び名で山賤《やまがつ》はまた別の名で呼んでいたのだろうか？

『古事記』にはたくさんの歌謡が埋め込んである。

もともとが雑多な要素を集めてまこと編集的に作られた書物であるから歌というパーツの扱いがそうなるのは当然としても、ずいぶん不器用に埋め込まれたと思われる例も少なくない。

例えば「下巻《しもつまき》」の仁徳天皇が正妻石之日売命《いはのひめのみこと》の嫉妬(うはなりねたみ)を恐れて去った黒日売《くろひめ》を追って行く条《くだり》にあるこの歌――

おしてるや　難波の崎よ
出で立ちて　わが国見れば
淡島　淤能碁呂島《おのごろしま》
檳榔《あぢまさ》の　島も見ゆ　佐気都島《さけつ》見ゆ

難波の岬、そこに出て自分が統べる国を見れば、淡島、淤能碁呂島が見える。檳榔の生えた島も見える。離れた島々も見える。

これは国見の歌である。為政者が見晴らしのよいところに立って自分の領土を眺め、これを言祝ぐ歌。それが恋人を追って難波の高津宮から吉備まで行く旅の途中に唐突に置かれている。

倭建命《やまとたけるのみこと》の有名な「倭《やまと》は　国のまほろば……倭しうるはし」の場合はもっと遠い。仁徳天皇は目前に島々を見ていたが、倭建命ははるか東国にあって、死の床に瀕して、遠い故郷を歌った。もともとあった国見の歌がそういう形で使われた。見かたを変えればエディターシップの極みだ。

『古事記』を読んでいてつくづく思うのだが、歌は強い。心に訴える力において散文の部分を圧倒している。時には暴れて収まりが悪いほどに。

歌が強い理由を演劇性に求めてみようか。この時代の歌は集団のものであり、個人の感懐を述べるものではなかった。たくさんの人が集まる場で朗唱されたとすれば、そこに所作が加わる場面を想像するのはむずかしいことではない。もう一歩進めば所作は舞にも芝居にもなるだろう。

八千矛《やちほこ》の　神の命《みこと》は
八島国《やしまくに》　妻枕《つまま》きかねて
遠遠《とほとほ》し　高志《こし》の国に
賢《さか》し女《め》を　ありと聞かして
麗《くは》し女を　ありと聞こして
さ婚《よば》ひに　あり立たし
婚ひに　あり通はせ
太刀《たち》が緒《を》も　いまだ解かずて
襲《おすひ》をも　いまだ解かねば
嬢子《をとめ》の　寝《な》すや板戸を
押そぶらひ　我が立たせれば
引こづらひ　我が立たせれば
青山に　鵼《ぬえ》は鳴きぬ

さ野つ鳥　雉《きぎし》はとよむ
庭つ鳥　鶏《かけ》は鳴く
心痛《うれた》くも　鳴くなる鳥か
この鳥も　打ち止《や》めこせね
いしたふや　天馳使《あまはせづかひ》
事の　語言《かたりごと》も　是《こ》をば

これは「上巻《かみつまき》」の大国主神の話で、八千矛神はその異名。彼が越後の沼河比売《ぬなかはひめ》を恋人にしようと赴いて失敗する滑稽譚である。英雄は時として笑い物の役を振られる。

詩は改行があるところが散文と異なる。なぜ改行するかと言えば、その方がリズムを刻んで朗読しやすいから。詩の音楽性を強調するために改行する。

朗読ないし朗唱に所作がついたことも読めば歴然とわかる。舞台に男が現れ、女のもとを訪れる道行きがあり、家に着いて扉を押したり引いたりしても扉は開かれない。中に女が居るとわかっているので男は性欲に突き動かされて焦るけれどもどうにもならない。夜の鳥である鵼が鳴いている間はいいが、そのうちに明るくなって雉や鶏が鳴き始める。妻問いは不首尾に終わり、男は見物衆に笑われながらすごすごと退散する。

大国主の英雄譚の中に放り込まれた一幕の、俳優一人の喜劇。リズムとメロディーのある台詞としての詩あるいは詞。

ここで鶏のルビが「カケ」であることを説明しなくてはならない。鳥の名は多くその鳴き声に由来すると西郷信綱は言う(『古事記注釈』第三巻)。ケンケンと鳴くからキギス、それが詰まってキジ。その他、ホトトギス、スズメ、カラス、ハトなどみなそうだ。そしてかつては鶏がカケと呼ばれたのも同じ原理だが、なぜかこればかりは鳴き声を離れて庭に居る鳥という行動パターンの方がその名になった。

ちなみに先の仁徳天皇、名は大雀命《おほさざきのみこと》だが、このサザキはミソサザイの古名だそうだ。これも鳴き声だろうか。

ネコも鳴き声、「ねーねー」鳴く子だという説に納得した。

散文の物語の間に詩を挟むというのは異質のものを組み合わせて、いわば立体感を生み出すための工夫である。というより編集者は身近なものだった詩という別形式の宝物を埋め込まずにはいられなかったのだろう。卑俗な比喩を用いれば別々のものだったコロッケとパンを組み合わせることに似ている。それぞれでも充分にうまいが一緒にすると新しい味覚が生まれる。

西洋の場合はどうだったかと考えてみる。

例えばフランス中世文学に言う歌物語も散文と詩の両方から成る。そしてこれも吟遊詩人《ジョングルール》というパフォーマンス・アーティストのために用意された台本であったらしい。

こちらは、残された唯一の作品である『オーカッサンとニコレット』を読むかぎり、別々に成立した詩と散文が編集的に組み合わされた感じではない。しばらく散文で語って話の運びを説明し、情感が高まったところで詩にして気分を盛り上げる。つまり歌と語りの間には『古事記』の場合よりずっと密接な一体感がある。「この処語る。文句と台詞」と断って散文が始まり、しばらくすると「この処歌ふ」となる。川本茂雄の七五調の訳がなかなかいいので引いてみよう——

オーカッサンはボーケール、
豪奢な城の御曹司《おんざうし》。
容姿《なり》美《うる》はしきニコールと、
誰にも裂けぬあひだがら、
父御《てゝご》の宥しなしとても、
母者《はゝじや》の責檻《せつかん》あらうとも、
「何たる所望か、愚者《おろかもの》！
華やげなれどニコレット、
カルタヘナより捨てられて、
回教徒から買はれし娘《こ》。
妻を娶《めと》るが望みなら、
家柄高きを迎へせよ。
——母上、ほかに術《すべ》もなし。
ニコレットめは眉目すぐれ、
やさしき姿、顔容《かんばせ》は、
心も晴るゝ美はしさ。

想ひ慕ふも無理ならず、
あまりに可憐な風姿《ふぜい》なり。」

ストーリーの要所々々に歌を嵌め込む。この方法の最終的な例が現代のミュージカルだろう。オペラでは基本的にはすべての台詞にメロディーがついているが、ミュージカルは普通の芝居の間に歌が挟み込まれている。もちろん別のところでできた物語と歌ないし詩を強引にまとめたのではない。

それはそれとして、構成が少し不器用だとしても、ぼくは『古事記』における散文と詩の関係が、成立過程がそのまま見えるようで好きなのだ。

III

奄美民謡、おもろと琉歌

一九九四年から十年ほど沖縄で暮らした。

異文化に惹かれて移住までしたのだから、ずいぶんたくさん歌を聴いたし、踊りや神事や祭りを見て回った。

その地に住むと毎日のように人々の声に接する。沖縄語は響きとしてまず耳から入った。

「神事」は沖縄風に訓読みすると「かみぐとぅ」、「踊り」は「うどぅい」になる。標準的な日本語と比較すれば、原則として短母音は「あ・い・う」の三つしかないが、その代わりというか子音には「とぅ・どぅ」がある。また「き」が「ち」になって、「清ら」は「ちゅら」になる。美しいの意味だ。

沖縄語、通称「うちなーぐち」を日本語の方言とするか一個の独立した言語とするか、説は分かれる。文法の根幹は日本語と同じだし、古代日本語を残すものも少なくない(柳田国男の方言周圏論そのまま)。周圏論の例を挙げれば、沖縄で蝶を表す「はーベーる」は昔の日本語の「ひひる」などに対応する。現行の「チョウ」は蝶という漢字の音読みで、重ねれば「てふてふ」あるいは「チョウチョ」になる。こちらが新語だった。

この話題をもう少し進めると、「はーベーる」は今の奄美では「はぶら」。敬愛する唄者《うたしゃ》の坪山豊さんに「あやはぶら節」という名作がある。急いで付け加えれば、奄美から八重山まで、現代の琉球文化圏では民謡とは伝統として歌い継がれるものだけでなく日々創作されるものである。民謡歌手はシンガーソングライターなのだ。

で、「あやはぶら節」だが、「あや」は綾、美しいということ。「はぶら」は蝶である。中村民郎の書いた詞を見よう——

あやはぶら　はぶら　ぬがなてぃど　はぶら
吾島《わしま》　ふり捨てぃてぃ　海越いてぃ　飛びゅり
（ハヤシ）　待ちゅらば来よ　戻てぃ来よ

美しい蝶よ、なぜおまえは、私たちの島を捨てて、海を越えて飛び去ったのか。待っているから戻っておいで。

二番の歌詞には「大和　よそ島ぬ　あだ花に　憧りてぃ」というところがある。内地に憧れて行ってしまった恋人を思う歌で、個人の恋情に地域的な文化落差の思いが重なっている。節回しの美しさは聴いてもらうしかない。

こういう暮らしをしていると沖縄語の音韻が耳に定着する。人々が『おもろさうし』を難解だというのはわかる。おもろはだいたいが儀式的な讃歌であり、見慣れない単語ばかりで、繰り返しが多い。しかし、音を知っていると本文と脚注を読むうちになんとなく分かった気になるものだ。

一聞得《きこゑ》大君《ぎみ》ぎや
降《お》れて　遊《あす》びよわれば
天《てに》が下《した》
平《たい》らげて　ちよわれ
又鳴響《とよ》む精高子《せだかこ》が
又首里《しより》杜《もり》ぐすく
又真玉杜《まだまもり》ぐすく

脚注によれば大意は「名高く霊力豊かな聞得大君が、首里杜ぐすく、真玉杜ぐすくに降り、神遊びをし給うからには、国王様は天下を安らかに治めましませ」である。

聞得大君は最も位の高い神女。

ぐすくは「城」の字を当てるがむしろ社《やしろ》に近い。神事の行われる霊域。

遊びは祭事の謡いと舞い。

鳴響むは鳴り響く。

精高子は霊力の高い人。

漢字かな交じり文の巧妙な表現にも助けられる。もとはほとんどがひらがなだったので学者たちが語源を考えながら漢字を当てはめた。これがなかなかうまくいった。

大事なのはこれらの言葉が今も生きていることだ。ぼくの家の近くにあった知念城は「ちねんぐすく」と読むし、ユタなどになる人は「さーだか生まれ《んまり》」、生まれつき霊力が高いと言われるが、この「さーだか」はすなわち「精高」である。首里はもちろん真玉も(那覇の真《ま》玉橋《だんばし》として)日常生活の中にある。

おもろの本文は、もともとが繰り返しの多い詞なので一種の省略法で書かれている。最初の「一」と書かれた行のところに後ろの方の「又」と書かれた行が入って二番・三番・四番の詞となる。「降《お》れて……ちよわれ」の三行は繰り返される。

先にも書いたが沖縄在住十年の後半は知念村《ちねんそん》に居を構えた。今は合併で南城市知念と呼ばれる。太平洋に面して、沖に十二年ごとの祭祀「イザイホー」で知られた久高島がある。琉球史にその始まりから記された由緒ある土地で(創造神アマミキヨが初めて祈りをした場所)、ここの霊場・斎場御嶽《せーふぁーうたき》と久高島が首里王朝の霊的支えだった。この関係は大和(沖縄から見た日本)における天皇家と伊勢神宮のそれに似ていなくもないが、もっと密接で現実的だった。そもそも首里の王府の政治が王の統治と神女の祈願に依る二重のもので、その神女制度の頂点に立つのが聞得大君である。

そんなわけだから知念を讃えるおもろがある——

一知念杜《ちゑねんもり》ぐすく
上《のぼ》て　行けば

てだが　誇りよわちへ
又大国杜《ぢゃくにもり》ぐすく

知念から首里に上って行くと、国王様が喜び給いて、有り難いことだ、の意。「てだ」は太陽あるいは按司《あじ》のことで、ここでは王を指す。太陽が王なのはアマテラスと天皇の関係に似ていてもっと直接的。「大国」はそのまま大きな国、知念の美称であるが今はまったく使われなくなった。

もう一つ――

一知念杜ぐすく
唐《たう》の船
こゝら寄るぐすく
又大国杜ぐすく

琉球王国は明との朝貢貿易で栄えた。知念に大きな港があったわけではないが久高島は優れた船乗りを輩出するところとして慶良間諸島と並び称された。彼らは福建の港だけでなく安南やジャカルタまでも船を走らせた。

おもろと並んで琉球の文芸として栄えたものに琉歌がある。おもろが公式の祭祀に関わるものだったのに対して、後に生まれた琉歌は和歌のように個人的な感情を歌う。音律は八八八六が標準で五七五七七の和歌とはずいぶん響きが違う。

第一尚氏の最後の王・尚徳王の王女が花を育てる職務の若者に恋をした――

花当の里前　花持たちたばうち
　花持たさよりか　御胴いまうれ

これはもう読み仮名を付けるのではなく発音をそのまま書こう、「はなたいぬ　さとぅめ　はなむたち　たぼち、はなむたさ　ゆいか、うんじゅ　いもり」。

花園係の恋人が花を持ってきてくれた。でも花よりあなた自身に来てほしかった。

たぶん留守中に花が届いていたのだろう。尚徳王女の恋人の名は幸地《こうちぬ》里主《さとぬし》。ひめごとはやがて顕れて身分違いの二人は仲を割かれた。

直情径行、まるで記紀歌謡のようにまっすぐで物語性に富んでいる。

もっと王朝和歌に近いものでは――

一人寝の枕　浮舟になちゆて　夢にこぎ渡る　無蔵がお側

これならばほとんど注も要らない。「無蔵」は「んぞ」と読んで男から見ての恋人のこと。逆は里前《さとぅめ》、尚徳王女の歌に出てきた。詠み手は小橋川朝昇。

更に軽いのを探すと――

赤てだと連れて　観音堂上て　見れば海山の　お酒上がて

声に出して読めば「あかてぃだとぅ　つぃりてぃ　かんのんどぅ　ぬぶてぃ　みりばうみやまぬ　うざきあがてぃ」。

夕日と連れだって観音堂まで上ってみれば、海も山もお酒を召されたように赤く染まっている。観音堂は那覇から首里に登る坂の途中にある。

おずおずと鬼貫へ

よろず初心は楽しい。

なんにも知らないのだから、恥をかくことさえ恐れなければ、ただ珍しくおもしろく月日のたつのも夢のうち。

目下の関心は俳諧である。

そもそも、なぜ連句のうちの発句だけが独立して俳句になったのか、その経緯さえ知らなかった。改めて考えてみれば理由は簡単。連句の一句ずつは前を受けて次に続くもので、連鎖の一環だから独立のしようがない。発句だけが、次の句を期待しながらも、独立している。そこが寂しい。

日本古来の詩の特徴は社交性にあった。

と書いたところで、ひょっとしてどこの国でもどの言語でも詩の発祥は祭祀と社交だったかと思い直し、これはまた大問題なのでひとまず措くことにして先に進むならば、記紀歌謡はみな祝祭の場で大声で歌われたものだし、平安朝の和歌は必ず贈答であったり恋文だったり歌合わせへの出品だった。詩を読むという行為そのものが他者を前提としていた。

出版という日本語は書物を意識しすぎている。publish とは公にするということである。恋の相手や仲間たちに向けて自作を詠む／読むことは、詩に託した思いを公開することだ。誰も聞かない／読まない詩を誰が書くか。

連句はみなで一堂に会して互いの顔を見ながら句を作る。「連中」という言葉はそこから発生した。だから、発句だけを並べるという正岡子規の工夫は寂しいのだ。振り向けば後ろには誰もいないという感じ。

それは才能の分別であったのかもしれない。連句ならば下手なりに居場所があった。失笑を買っても楽しければそれで済んだ。しかし能力のある者が存分に力を奮うには一人の方がいい。共に楽しむ世界から句集単位の競合圏への移転。

実際、現代の俳句はものすごい境地まで行ってしまっていると思う。このところ高野ムツオの『萬の翅』を座右に置いているのだが——

みちのくの今年の桜すべて供花
犇《ひし》めきて花の声なり死者の声
瓦礫より出て青空の蠅となる

震災がらみだからすごいのではない。ぼくがあの時期の東北を知っていて、蠅の句などそのまま目前の光景としてよみがえるから読んで声を失うのではない。

扇風機まだ首振っている戦後
一夜ごと月を引き寄せ虫すだく

震災以前のこういう句でも孤絶は徹底している。世界があり、俳句を詠む人がいる。一対一、つまり宮澤賢治の『春と修羅』の構図。世界は春であり、人は修羅としてその前に立っている。そこに他者はいない。

人がもっとおっとりしていられた時代のことを思う。たとえば、上島鬼貫の句がおもしろいのはいつもどこか別天地へ繋がっているからで、その別天地とはブランショ風に言えば「文学空間」である。鬼貫に限らず、芭蕉にしても蕪村にしても、俳諧が王朝以来の和歌の伝統を負った上でその外へ出ようとしていた以上は当然のことなのだが。

千鳥鳴《な》く須磨の明石の舟にゆられ

は言うまでもなく『百人一首』の源兼昌「淡路島かよふ千鳥の鳴く声に幾夜ねざめぬ須磨の関守」を敷いている。しかし、古人の方に目をやりつつ鬼貫はさらりと突き放す。須磨・明石まで来たら千鳥の声を聞くしかないじゃないか、と朋輩に向かって笑っている。「舟にゆられ」はまるで「ブルー・ライト・ヨコハマ」、置かれた事態への身の任せ様が粋なのだ。

和歌が詠嘆だとすれば俳諧は余裕。芝居がかった所作を仕掛けてふっと照れて気持ちを逸らす。それは連中の顔を見てのことだろうか。

彼らの繋がりは昔に向かうだけでなく同時代の方へも伸びている。

から井戸へ飛そこなひし蛙かな

もちろん芭蕉、もちろん「古池や蛙飛び込む水の音」だが、鬼貫が幽玄を滑稽に替えたのではないだろう。もともと芭蕉の句が滑稽なのだ。和歌ならば蛙は鳴き声でしか詠まれない。それも山吹とセットだったりして。例えば——

沢水に蛙鳴くなり山吹のうつろふ影や底に見ゆらん

『拾遺集　春』

それを芭蕉は「ポチャン」に置き換えた。静かな山中の古寺あたりで静寂を破る一匹の蛙とは限らない。次から次へと蛙が水に跳び込んでそれを呆れて見ている芭蕉さんという図だっていいのだ。映画「マルクス兄弟のデパート騒動」にエレベーターからぞろぞろと限りなく家族が出てくるというギャグがあった。いかにもイタリア系のいかにも子作りに励んできた夫婦。正に律儀者の子沢山で、見かねてグルーチョが「あんたたち、他に趣味はないのか？」と問う。

話が逸れたようだがそんなに逸れてはいない。俳諧の諧謔はそこまで含んでいるとしよう。

鬼貫は芭蕉より十七歳ほど年下だった。敬愛に最適の年齢差だ。この先輩の十三回忌に各務支考《かがみしこう》が京都の双林寺で追善の催しをしている。それに参加した鬼貫の句が——

かけまはる夢は焼野の風の音

元は芭蕉辞世の句「旅にやんで夢は枯野をかけまはる」だが、なぜ焼野なのだろう。「焼野の雉《きぎす》夜の鶴」への連想は可能か。

鬼貫は後世にも繋がる。からかわれるのだ。

行水の捨《すて》どころなきむしのこゑ

というわかりやすい句に川柳子は

鬼貫は夜中盥を持ち歩き

と応じている。これは「起きて見つ寝て見つ蚊帳の広さかな」という加賀の千代の句に「お千代さん蚊帳が広けりゃ入ろうか」と言った川柳よりは品がいい。千代は夫と子を亡くして一人になった嘆きを詠んだのに。

若き鬼貫、なかなかやんちゃであったらしい。

『俳家奇人談・続俳家奇人談』にまこと愉快なエピソードがある——

天性《てんせい》飄蕩《ひょうとう》にして、謔談《げきだん》に陥らず、人意に超絶する事知んぬべし。貫はじめ自記していはく、おのれ二十《はたち》に満たざる頃、先師松江の翁と梅翁列座の会に出でけるに、

ちよと見には近きも遠し吉野山

といふ前句に、

腰に瓢《ひさご》を下げてぶらぶら

と付けたり。執筆《しゅひつ》より吉野山に瓢、そのゆゑありやと咎められ、当惑して、

吉野山花の盛りをさねとひて瓢たづさへ道たどり行く

といへる古歌《こか》ありと(独言)。これいつはりとは言ひながら、名家《めいか》をあざむくは、彼の玄旨法印にも劣らぬ才力感ずるに余りあり。

当時の文人にとって和歌というものはこれくらい自由自在な、あるいは勝手放題いい加減なものであったらしい。玄旨法印は武将にして文人だった細川幽斎のこと。

だいたいが鬼貫という俳号からして生意気である。「鬼」はともかく「貫」は紀貫之の「貫」なのだ。交遊の範囲が広かったことを『鬼貫句選・独《ひと》りごと』の「解説」は伝える。西山宗因、北村季吟、井原西鶴、大高源五、広瀬惟然……

この文化人たちの名前の羅列を見ながらぼくは中村真一郎の名作『木村蒹葭堂《けんかどう》のサロン』を思い出す。木村蒹葭堂は鬼貫よりも七十五歳年下で、つまりは二世代の差があるが無縁ではない。鬼貫は画家大岡春卜が描いた小野小町図に賛を寄せ(中村の本に図版があるが、残念、ぼくにはこの賛が読めない)、後に蒹葭堂を名乗る木村太吉郎は五、六歳で春卜に絵を習っている。ぜんぶ繋がっているのだ。木村蒹葭堂ほど交際・社交をもって生きた人はいなかったが(中村の本の人名索引の豊饒を見るといい)、それは時代の雰囲気の集大成であったので、何十年か前に鬼貫も同じ空気を吸っていた。

「いにしへの俳諧師は百日の稽古より一日の座功といひて、只会に出なん事を大切に思ひ侍りし」と鬼貫は言う(『独ごと』)。座に出て人に交わって句を詠む。発句でも場と他者は大事だったのだろう。

ブレイクのリズムと思想

娘がブレイクを訳すという。

少しは手伝おうかと思って久しぶりに詩集を開いた。

たちまち襲ってくるのは英語のリズムの扱いだ。詩の翻訳ではいつもこれが問題になる。

たとえば、よく知られている『無心の歌』の「序詩」の原文の始まりは——

Piping down the valleys wild
Piping songs of pleasant glee
On a cloud I saw a child.
And he laughing said to me.

と単調なリズムを刻む。最初の二行など日本語で言えばほとんど七五調のようなもので、少しでも英語を知っていれば気持ちよく朗唱できる。

そして、その音の響きの心地よさまで含めてこの詩であるのだとしたら、翻訳はとてもむずかしい。

寿岳文章の『ブレイク詩集』の訳を見れば——

さびしい谷間を笛吹いてくだれば
たのしいよろこびの歌を笛に托してくだれば
雲の上に　ひとりの幼《おさ》な児《ご》が見え
笑いながら　私に言う

となっていて、これはもうリズムなど放棄しているのだとすぐわかる。
念のため、これも広く知られた「虎」を見てみようか――

Tyger Tyger, burning bright,
In the forests of the night;
What immortal hand or eye,
Could frame thy fearful symmetry?

というやはり単調でその分だけ力強いリズムの刻みが――

虎よ！　虎よ！　あかあかと燃える
闇くろぐろの　夜の森に
どんな不死の手　または目が

おまえの怖ろしい均整を　つくり得たか？

となって、「闇くろぐろの夜の森に」というあたりはうまいけれど、しかしもとの詩の太鼓連打のような響きはない。

ここでぼくが想起するリズム感とは、たとえば宮澤賢治の「原体剣舞連《はらたいけんばいれん》」のようなものだ。

dah-dah-dah-dah-dah-sko-dah-dah
こよひ異装《いさう》のげん月のした
鶏《とり》の黒尾を頭巾《づきん》にかざり
片刃《かたば》の太刀をひらめかす
原体《はらたい》村の舞手《をどりこ》たちよ

…………

この先で詩人は七五調を少しずつ崩しながら、しかし最初の行でローマ字で書いた太鼓の響きをそのままに、五十行あまりを駆け抜ける。大声で読むと身体的な快感に包まれる。

寿岳さんの訳を借りて、リズム強調で訳してみようか——

虎よ　おまえは　まぶしく燃える
闇くろぐろの　森の中

怖いばかりの　左右対称
いったい　誰が　おまえを作った？

この訳ではいくつかの主題が抜けてしまっている。「どんな不死の手　または目が」の部分がない。ブレイクは虎という被造物に現れた創造主の栄光を賛美したかったのだ。「誰が」だけではそれは伝わらない。

ブレイクはあまりむずかしい言葉を使わなかった。それでも画家だったからsymmetryというギリシャ語由来の硬質な言葉は身近なものだっただろう。その意を汲めば「均整」では不足で「左右対称」まで踏み込まなければとぼくは考えた。だって虎の顔ってまさにそれでしょう。長沢芦雪のあの虎、錦江山無量寺の襖絵の虎を見れば一目瞭然。

音の響きばかりを前面に立てると詩は痩せるだろうか？

ブレイクの場合は決してそんなことはないけれど、スウィンバーンまで行くとちょっと行きすぎかなと思う。朗誦していてとても気持ちがいいが、それは早口言葉をうまく唱えられた時の満足感に近いのだ。悪党で不良でならず者だったフランソワ・ヴィヨンを讃えた詩で、

Villon, our sad bad glad mad brother's name!

とまで畳みかけられると、響きはともかく意味はどこへ行ったのですかと問い返したくなる。

しかし白状しておくとぼくはスウィンバーンの早口言葉がけっこう好きなのだ。彼の「アトランタに行ったカリドン」を吉田健一はリズムなんか無視してうまく訳しているが。

吉田健一に倣ってリズムとか響きとか言わず、ただ意味が伝わるだけで翻訳としては充分と考えた方がいいのかも知れない。思想はリズムを越えるとも言えるだろうし。

寿岳さんはSongs of Innocenceを「無心の歌」と訳し、続くSongs of Experienceを「有心の歌」としている。対になっているのはわかるけれど、それでいいのかな。「有心」は思慮分別とか風流を知る心ということで、歌学の方では一つの判断基準となっていた。しかし日常はまず使われない言葉だ。これでは用法があまりに限定されていて、英語の単純な意味合いが隠されてしまう。

「無心」とか「無垢」はキリスト教ではずいぶん大事な言葉だ。人は無垢の状態で生まれ、濁世で暮らすうちに汚れるから、浄化の過程を経ないと天国に行けない。その無垢の幸福感とそれが失われた後が二つの詩集で対比される。

『無心の歌』と『有心の歌』の両方に「失われた少年」が登場する。前者では父とはぐれた(あるいは父に捨てられた)子供が夜のぬかるみにはまって泣いているが、しかし次の「見つかった少年」では神が父の姿になって現れ、子供を母のもとへ連れ戻す。世界の秩序は回復される。

しかし『有心の歌』の「失われたひとりの少年」は救われない。おのれ以上に他人を愛することはできないと言った少年は、つまり宗教が求める偽善を拒否したために、処刑される。その光景は強烈だ――

泣き叫ぶ少年の　訴えはきき入れられず
泣き叫ぶ父母《ちちはは》の　嘆きもかいなく
少年は　シャツ一枚にまで着物をはがされ
鉄のくさりに　縛りあげられ

神聖な場所で　焼かれた
それまでに多くの者が焼かれた　その場所で
泣き叫ぶ父母の　嘆きもかいなく
こんなことがアルビオンの岸で　今も行なわれているか？

イングランド(アルビオンはその別称)で異端を理由に最後の火刑が執行されたのは一六一二年であったという。

これが「無心」と「有心」の差、「無垢」と「経験」、あるいは「けがれないこと」と「世知を経たこと」の差なのだろうか。

しかし「失われたひとりの少年」の少年は世間に染まってけがれたわけではない。彼はけがれることを拒んだために無垢の状態のまま焼かれた。そこにある真実を残された大人たちは「経験」を通じて学ばなければならない。

ブレイクと教会との関係は微妙だ。それを知ったのは寿岳さんが「浮浪少年」という題で訳している詩だった――

お母さん　お母さん　教会はつめたい
しかし　居酒屋は健康で　たのしく　暖かい
ほかにもぼくは　よくもてる場所を知っている
天国では　決して通用しないもてかたではあるが

しかし　教会でも　ぼくらにお酒をふるまい
楽しい火で　ぼくらの心をほかほか暖めてくれたら
ぼくらは　一日じゅう　歌い　祈り
教会から逃げ出そうなんて　ゆめ思うまい

寿岳文章さんには一度だけお目にかかったことがある。『神曲』の訳を完成された時にインタビューをした。「あのブレイクの居酒屋教会、いいですねえ」と言いたかったけれど恥ずかしくて言えなかった。

三好達治の音韻のセンス

友人の本棚を漁る悪癖が抜けない。

この人の亡父が天下無双のコレクターで、宝物が無数に遺された。いわゆる稀覯本の類ではなく、広く厚い近代日本文学の殿堂。

ここで三好達治の『詩を読む人のために』という本に出会った。この本のことをぼくは知らなかった。古くは島崎藤村や蒲原有明から新しい方は立原道造あたりまで、気に入った作品を取り上げて紹介し、読みの勘所を説く。つまりぼくがこの連載でやろうとしてできていないことを実に優雅にこなしている。

一読三嘆、亡羊の嘆、日暮れて道遠し。


懐かしい詩人がたくさん登場する。

伊良子清白の『孔雀船』は昔、母の本棚にあった。これ一冊しか詩集を出さなかった詩人である(その生涯は数年前に平出隆が書いた浩瀚な伝記で明らかになった)。

亡《なき》母は
処女《をとめ》と成りて

白き額《ぬか》月に現はれ
亡《な》き父は
童子《わらは》と成りて
円《まろ》き肩銀河を渡る

「漂泊」のこの聯はよく覚えている。河添《かわぞい》の旅籠に着いた旅の男が歌う、という体裁の詩の二聯目。親が子供に返って夢幻のように見えるという情景と、五七調の言葉の響きにかつてのぼくは惹かれたのだろう。

これについて三好達治はこう言う——

「蓆戸《むしろど》に秋風のふく旅籠屋に今宵宿をかる男は、遠く故郷を離れ永らく異国にさまよった後、ふたたびそのふる郷《さと》に帰って来たのであります。そうしてそんな河添いの侘《わび》しい宿舎に一泊したのであります。そうして窓に倚《よ》って、何かの歌を口吟《くちずさ》みながら、月を見ては亡き母の額をしのび、銀河を仰いでは、亡き父の円い円い肩を思い浮べます。父母いずれもこの空想では童形であります。何か天地の永遠を思わせるような空想ではありませんか。単なる追想というよりは、もう少しお伽噺《とぎばなし》めいた感じあいを含んで、その哀切な感情に自ら《おのずか》若やいだ一ふしがあるので、いっそう哀切に感ぜられます。」

詩は圧縮表現の技法だから、繰り広げればこういう風になるが、それにしても論の展開のしかたがうまい。

そういえば、うちに三好さんから母あての手紙が一通あったのだが、あれはどこへ行ったのだろう。『孔雀船』はどこにやってしまったか。人生は喪失であると「哀れなる旅の男」であるぼくは感慨に浸る。

懐かしいのの第二は北原白秋、「邪宗門秘曲」。これは本当に暗唱できるくらい覚えていた。

われは思ふ、末世《まつせ》の邪宗、切支丹《きりしたん》でうすの魔法。
黒船の加比丹《かひたん》を、紅毛《こうまう》の不可思議国を、
色赤きびいどろを、匂鋭《にほひと》きあんじやべいいる、
南蛮の桟留縞《さんとめじま》を、はた、阿刺吉《あらき》、珍酡《ちんた》の酒を。

目見《まみ》青きドミニカびとは陀羅尼誦《だらにず》し夢にも語る、
禁制の宗門神《しゅうもんしん》を、あるはまた、血に染む聖礫《くるす》、
芥子粒《けしつぶ》を林檎《りんご》のごとく見すといふ欺罔《けれん》の器《うつは》、
波羅葦僧《はらいそ》の空をも覗《のぞ》く伸び縮む奇なる眼鏡を。

この調子で全五聯、「善主麿《ぜんすまろ》、今日を祈《いのり》に身も霊《たま》も薫《くゆ》りこがるる」という最終行まで続くのだが、派手でエキゾチックな単語が並んでいるし朗誦して気持ちがいい。それで好きになって覚えた。

それからの何十年かでぼくは知識を得て、「びいどろ」がガラスであり(「玻璃」という言葉も白秋は他で使っていた)、「あんじやべいいる」がカーネーション(匂うか?)、「桟留」が聖トマスに由来する地名であり、「あらき」がアラックすなわち蒸留酒であることを学んだ。「はらいそ」はパラダイスだ。具体的に知らなくても魅力は伝わる。

三好達治は「この詩の出来た当時(明治四十一年)白秋はせっせと図書館通いなどして、切支丹文献をしらべ、主としてその語彙《ごい》を研究したそうです。木下杢太郎さんの書かれたものに、そんなことが語られていたかと記憶します」と書いている。

それでも詩として情に訴えるものが少ないという気はする。(語彙に依りすぎるといえば、伊良子清白の「駿馬問答」もそうだったか。昔の日本の乗馬用語がたくさん並んで取っつきが悪かった。参考文献が羅列してあるのが、『飾馬考《かざりうまかんがへ》』『驊騮全書《くわりうぜんしよ》』『武器考證《かうしよう》』『馬術全書』『鞍鐙之辯《くらあぶみのべん》』『春日《かすが》神馬《しんば》絵図《ゑづ》及解《およびげ》』等々。まったく手に負えない。)

詩はある意味で情の器であるから、器の形を整えるために語彙や用字や理知的仕掛けも必要だろう。ただし器の壁が厚すぎると容量が少なくなる。

音韻も器の素材だろうか。

この三好達治の本でいちばん感心したのは島崎藤村の「千曲川旅情の歌」の音韻分析だ。藤村がいかに周到に音を配置したかがよくわかる。

小諸《こもろ》なる古城のほとり
雲白く遊子《ゆうし》悲しむ
緑なす蘩蔞《はこべ》は萌えず
若草も藉《し》くによしなし
しろがねの衾《ふすま》の岡辺《おかべ》

日に溶けて淡雪流る

これについて三好達治は「最初に気のつくことは、一読して、この詩がたいへん口調がよく、調子の起伏が自然になだらかな間に、この詩の字面の意味から来るものの外に、何かたいへん気持のいいものが、別にその口調調子の方にあるということ」と言っている。まずは七五調からくるのだが、それで単調になるのを防ぐために音韻的に巧妙な工夫がなされている。

最初の二行をみれば――

Komoro naru Kojo no Hotori
Kumo siroku Yusi Kanasimu

とK音が反復されてリズム感を刻む。それが第一行の八個のO音と呼応し、二行目でも二つのK音が繰り返されると同時にこの行では今度はU音が優勢になって引き取る。しかもその二つのU音はK音と結びついて「印象的に快く耳をうちます」。さらにKumo siroku の部分でO音とU音はI音を中心にして左右対称の位置に置かれている。そして二行目はA音を二度重ねてまたもK音を引き立てる。

こういう工夫は三つの聯ぜんたいに渡っていて、例えば第三聯の「暮れ行けば浅間も見えず／歌哀《かな》し佐《さ》久《く》の草笛」ではA音の九回の連続が効果を発揮する。（余談ながら「佐久の草笛」は後に佐藤春夫の詩集のタイトルになった。さらに余談を重ねて草笛光子は？）

この詩の魅力のもう一つの理由は構文が単純であること。否定的な言い回しが次々に出てくる、「嚢蔓は萌えず・若草も藉くによしなし・香も知らず・浅間も見えず……」。読む者は次々に登場しては消えるイメージに心地よく揺さぶられる。

結論としてこの詩は「すべての芸術がそれに向ってあこがれるといわれる、「音楽の状態」に最も近いのであります」と三好達治は言う。

しかしながらその点で彼自身の詩ははるかにすごいとぼくは思う(彼のマチネ・ポエティックに対する批判は、理屈はいいが実際に押韻が響いていない、という技術的な自負に由来するものだった)。例として「甃《いし》のうへ」を挙げておこうか。

あはれ花びらながれ
をみなごに花びらながれ
をみなごしめやかに語らひあゆみ
うららかの跫音《あしおと》空にながれ
をりふしに瞳をあげて
翳《かげ》りなきみ寺の春をすぎゆくなり
み寺の甍《いらか》みどりにうるほひ
庇《ひさし》々に
風鐸《ふうたく》のすがたしづかなれば
ひとりなる
わが身の影をあゆまする甃のうへ

一行目は十の母音のうちの七つがA音！　言葉と音が満ちては引く潮のように反復されるのに身を任せる快感。

若い女たちが寺の境内を歩いているというだけで、そこに永遠の相が現れる。「語らひあゆみ」なのに「ひとりなる」。今のことか平安の世かもわからない。正に音楽の効果だ。

舞姫たちのなめらかな肌は……

さて、設問。
左は古代の詩の現代語訳なのだが、読んでこれの原詩が何語で書かれたかおわかりだろうか？

舞姫たちのなめらかな肌はどうして薄衣にさえ耐えないように見えるのか。
春の気色が腰のまわりに満ちているからだと？　嘘をおっしゃい！
舞が終ってその化粧が崩れかかり、珠の手箱を持っているのも懶《ものう》そう、
後宮へ通ずる白い小門までのわずか数歩さえ耐えられそうにない。
彼女たちの媚びの眼くばせは、繰り返し押しよせてくる波に風が乱れるよう
くるりと舞う身体からは、晴れたあともまだ飛び散る雪のようなものが……
花のあいだに日が暮れて、フルートの音が消えた。
仙人は微かな雲を遠く見て、遥かな洞穴に帰って行くだろう……

いかにも艶冶で、祝祭的で、デカダンスの匂いもある。オペラならばモーツァルトよりずっと頽廃に傾いてヴェルディの『ドン・カルロ』あたりの群舞場面のように思える。

で、元の詩はと言えば——

紈質何爲不勝衣　紈《しらぎぬ》なす質《かたち》の何為《せ》むとてぞ衣に勝《た》へざる
謾言春色滿腰圍　謾《いつは》りて言へらく　春の色の腰の囲《めぐ》りに満《み》てりと
殘粧自嬾開珠匣　残粧《ざんしやう》　自《おのづか》らに珠匣《しゆかふ》を開くにすら嬾《ものう》し
寸歩還愁出粉闈　寸歩《すんぽ》　還りて粉闈《ふんゐ》を出《い》でむことをだに愁ふ
嬌眼曾波風欲亂　嬌《こ》びたる眼《まなこ》は波を曽《かさ》ねて風乱れむとす
舞身廻雪霽猶飛　舞《ま》へる身は雪を廻《めぐら》して霽《は》れてもなほし飛べり
花間日暮笙歌斷　花の間《ひま》に日暮《く》れて笙《しやう》の歌断《き》えぬ
遙望微雲洞裏歸　遥《はるか》に微《かすか》なる雲を望みて洞《ほら》の裏《うち》に帰る

作者は菅原道真である。『日本古典文学大系』の『菅家文草』の一四八番。

ぼくがこの新鮮にして奔放な訳に出会ったのは中村真一郎の短篇小説「遠隔感応」の中だった。作者に重なる「私」は京都のホテルに泊まっている。深夜、部屋で横になっていると誰かがやってきてドアの前を通る。この部屋を目指してくるのに扉をノックすることはなく、数回行きつ戻りつして帰ってゆく。それが数夜に亘って繰り返される。来たのは千年以上も前にずっと西の方で亡くなった詩人であって、「私」はこのところこの人の詩を読んでいた。

詩を読むことは一人の人間の内部に入ることである、と「私」は言う。この時は読むうちに詩人その人を呼び寄せてしまったらしい。「古人や遠い未知の外国人の本を読む愉しさと、新たに知り合った女に強い関心を惹かれて行く愉しさという、二つの別の快楽」を巡る思いが京都のホテルという場で辿られる。そして数年前にこの同じホテルで五夜を共に過ごした恋人のことが思い出されて……

この短篇で作者は菅原道真という名を出していない。いくつかの詩を翻訳で紹介し、今は神社になった彼の旧邸とか経営していた学校とか、ヒントを呈示するのみ。その名を推察して原詩に辿りつくのはちょっとした知的冒険、という趣向なのだ。この趣向がなかったら「遠隔感応」はずいぶん底の浅い、小説ではなくエッセーのようなものになったかもしれない。

だからこそ訳は思い切り大胆でいい。ちなみに同じ詩の最初の二行を大岡信はこう訳す。これが標準だろう——

舞姫の白絹の肌はどうして衣の重さにさえ堪えがたいように見えるのだろう
春の色が私の腰のまわりに満ちているのですものと、舞姫は見えすいたうそを言う

『詩人・菅原道真』

考えてみれば我々は(この場合、「我々」は日本人ではなく、いわば日本語人ということだが)、おそろしく巧妙な、軽業のような方法で自分たちの言葉を表記している。漢字を用い、仮名を用い、この二つをふりがなで繋ぐ。

漢字の熟語は実際には外来語だが、我々はもう普段はそれを意識さえしていない。時折ふと思い出して「失念といへば立派な物忘れ」などと自らを笑う。ここで「失念」は漢語のまま、「物忘れ」は和語。そして「立派な」は漢語を装った和語である。ことは英語がゲルマン系の基本語彙にラテン系の言葉を

混ぜるのに似ている。もったいぶって偉そうに言う時は、マクベスの有名な詠嘆「multitudinous seas incarnadine 無数の海を紅一色に染め」のようにラテン系の語彙の異質感を応用する。

漢語は硬い。だから日本語人である菅原道真が情を述べる文芸である詩を漢詩の形で書いたことに今の我々は感心する。後世、和朝の漢詩人は来訪した本場中国の詩人に作品を見せて「和臭なし」と褒められて喜んだ。

この詩「早春の内宴に、仁寿殿に侍りて、同しく「春娃気力無し《しゅんあ》」を賦す。製に応へまつる一首(序を幷せたり)」には四六駢儷体の長い序がついていて、詩の本文にもいちいち典拠がある。タイトルの「春娃無氣力」は『白氏文集』にある詩を借りたものだし(だから「同しく」と言う)、詩の本文の「珠匣」も「廻雪」も白楽天に依る。最後の二行は周の王子喬が笙を好んで登仙した故事を踏まえている、等々が注にある。「内宴」は一月下旬に内裏で行われた天皇の私的な宴。

つまり、厖大な量の教養から与えられたテーマに応じて素材を集め形式に合わせて加工して嵌め込む。そういう言いかたをすると詩人その人の思いはどうしたという反論が来るかもしれない。詩は自らの心情をこそ語るのではないか？　しかし王朝の和歌を見ればわかるとおり、詩は半分まで形であり引用であり応用である。道真の抒情の能力を知りたければ最も私的なことをテーマにした「阿満を夢みる」などを読めばいい。子供を失った嘆きを訥々と述べて読む者の心に迫る。悲哀の感情は『土左日記』にもまさる。

「遠隔感応」に話を戻そう。

帰って行くのですね、波が白く山の青いあいだを。
国境の駅まで送って行けないのが悲しい！
遠い旅路を想像すると身体が千切れるほど、
もう一度巡り来るであろう星を見つめていると空に穴が穿たれる。
去って行く帆の先端には後を追う孤独な雲が繋がれるでしょう。
この宿舎の滞在のスケジュールは延ばすわけには行かないのです。
別れの宴がどうしてこんなに夜おそくまで続いているのか、
それは落ちる涙を人に気付かれるのが嫌だからなのです……

帰らめや　浪は白くまた山は青きを
恨むらくは　界《さかひ》の上《ほとり》の亭《てい》を追ひ尋ねざることを
腸《はらわた》は断《た》ゆ　前程《ぜんてい》相《あひ》送る日
眼《まなこ》は穿《うが》つ　後《のち》の紀《とし》転《まろ》び来《きた》らむ星《ほし》
征帆《せいはむ》は繋《つな》がむとす　孤雲《こうん》の影
客館《かくくわん》　争《いか》でか容《ゆる》さむ数日の局《たむろ》
惜別何為《なんす》れぞ遥《はるか》に夜に入《い》る
落つる涙《なむだ》の　人に聴かるるを嫌ふに縁《よ》りてならむ

『菅家文草』の百十一番、『王朝漢詩選』の百九番、「夏の夜、鴻臚館に於て、北客の郷《さと》に帰らむとするに餞《はなむけ》す」という詩。

元慶七年五月十一日の夜、渤海からの使節が帰るのを機に鴻臚館で開かれた送別の宴に際して作られた。つまりは贈答の詩の典型で、私情などないはずだ。外交の場で役に立つのも詩の機能の一つかもしれない(今の時代にそれがあるかと問い返したりして)。

ところが、道真は数か月後、こんな詩を作っているのだ——

裴公《はいこう》が万里《ばんり》の行《たび》を送りてより
相思《あひ》ひて夜毎《よごと》に夢も成り難《がた》し
真図《しんと》　我に対《むか》へども　詩《うた》の興《きょう》なし
恨むらくは　衣冠《いくわん》を写《うつ》せども情《こころ》を写さざりしことを

この「渤海の裴大使が真図を見て、感有り」は『菅家文草』の百二十三番。肖像画を見ての詠嘆。ここに形式を超える私情はないと言えるだろうか。

倭は　国のまほろば

「詩と散文、あるいはコロッケパンの原理」(一四七頁〜)で『古事記』の中の歌謡を取り上げた。あの時は『古事記』を読んでいる、と書いたが実は訳していたのだ。まあ翻訳は精読のきわみという言いかたもできるからまるっきり嘘ではないが。

『古事記』は物語と、歌謡、それに系図、という三つの要素がモザイク状に入り組んだ複雑な構成になっている。このすべてを読める形で今の言葉に移すのに苦労している。

とりわけ系図が難問。たいていの現代語訳が「ここは飛ばしてもいいですよ」と言わんばかりにそっけなく片付けている。これをどう料理するかが目下のぼくの課題なのだが、その話は措いてもう一度ここで歌謡を論じよう。

古代歌謡の中に「国見」とか「国褒め」と呼ばれる種類の歌がある。

早い話が、為政者による国土讃歌だ。

眺望のきくところに行って、そこから自分の国を見て讃える。個人としての感慨を求めてではなく、国に繁栄をもたらすための呪術的な行為である。

始まりは春先に庶民が山に登って自分たちの土地を眺め、いわば土地の魂を活性化させて豊作を予祝する行事だったらしい。飲んで食べて歌って踊って、その先には歌垣のような性的出会いもあっただろう。豊饒祈願として性交を行うのは珍しいことではない。

やがてそれが政治性を帯びて首長が民を率いて山に登るようになり、「廻望国状」とか、縮めて「望国」、あるいは和語で「国見」、「国褒め」として形式が調えられた。中国で言う「郊祀」も影響したか。

具体例を見よう。

実は以前にも引いた歌でいささか気が引けるのだが、あれから勉強もしたからもう一度これを論じたい。

ここでは朗唱の便宜を考えて、原文に仮名を振るのではなく、読みだけを別にひらがなで書くことにしよう――

おしてるや　難波の埼よ
出で立ちて　わが国見れば
淡島　淤能碁呂島
檳榔の　島も見ゆ　佐気都島見ゆ

おしてるや　なにはのさきよ
いでたちて　わがくにみれば
あはしま　おのごろしま

あぢまさの　しまもみゆ　さけつじま　みゆ

難波の岬、そこに出て自分が統べる国を見れば、淡島、淤能碁呂島が見える。檳榔の生えた島も見える。離れた島々も見える。

『古事記』の「下巻《しもつまき》」、仁徳天皇が、正妻石之日売命《いはのひめのみこと》の嫉妬(うはなりねたみ)を恐れて去った黒日売を追って行く途中で詠んだとされる。

国見の歌の特徴は——

1　「……から……見れば」という形式

2　「出で立ちて……見れば」という慣用句

3　見えるものを賛美すること

だそうだ。

この歌の場合は「わが国見れば」と言っているのだから詠み手は天皇以外にはあり得ない。実際に仁徳天皇がこれを詠まなかったとしても誰かが天皇の立場で詠んだわけだ。そういう歌が伝わっていて、それを太安万侶はここに嵌め込んだ。恋人を追う途中で国見をするのはちょっとおかしいと思うが、まあいいだろう。

別の例。『万葉集』の2、舒明《じょめい》天皇の代、「天皇が、香具山《カグヤマ》に登らせられて、国見せられた時の御製」

大和には群山あれど、とりよろふ天の香具山、登り立ち国見をすれば、国原は煙立ち立つ。海原は鷗立ち立つ。可怜国ぞ。蜻蛉洲大和の国は。

やまとには　むらやまあれど　とりよろふ　あめのかぐやま　のぼりたち　くにみをすれば　くにばらは　けむりたちたつ　うなばらはかまめたちたつ　うましくにぞ　あきつしま　やまとのくには

大和の国には、沢山な山はあるが、その中で天の香具山、その山に登り込んで、領分を見はらすと、人の住んでゐる平野には、靄が立ちこめてゐる。それから、(海の様な)埴安《ハニヤス》の池では鷗が群れをなして、あちらでも立ち、こちらでも立ちしてゐる。立派な国だよ。朕《ワシ》が治める蜻蛉洲と称する、この大和の国は。

(これと次の歌の現代語訳は折口信夫の『口訳万葉集』を借りた。)

同じ『万葉集』の318、山辺赤人の有名な歌――

田子の浦従うちいでゝ見れば、真白にぞ、富士の高嶺に雪は降りける

たごのうらゆ　うちいでてみれば　ましろにぞ　ふじのたかねに　ゆきはふりける

田子の浦をば歩きながら、ずつと端迄出て行つて見ると、高い富士の山に、真白に雪が降つてる事だ。

あるいは俗謡——

高い山から谷底見れば、瓜や茄子の花盛り

そうか、こういうのもまた国見の歌の形式に叶っているのだと、改めて納得した。

なぜ見ることが讃えることに通じるのだろう?

大野晋編の『古典基礎語辞典』の「みる」の項に、語釈の②として「視覚から得た材料で判断する」というのがある。異性を見て魅力を認める。お互いにそうなれば意気投合、すぐにも寝床に急ぐ。古代に性交を目合《まぐわ》ひと言ったのは視線の交差に始まるかららしい。

土地を見るのも精査して価値を確認するためだ。最初からそのつもりで行って見るのだから讃えるのは当然だが、ここには何か視線そのものに呪力があるようにも思える。

讃える視線の他に妬む視線の効果もある。近東からギリシャあたりで邪視といわれるもので、ぼくがギリシャで覚えたのは「カコ・マティ(悪い目)」という言葉。人を羨みの目で見ると、その視線が相手に悪い影響を及ぼす。妬みではなく羨みの段階でも危ない。だから格別にかわいい赤ん坊などはあまり人目にさらさない方がいいと言う。

国を見ると言えば、英語の country の語源も国見に似ている。これはラテン語の contra から来た言葉で、「向き合って」という意味。つまり見る者に向き合って見えるものすなわち風景であって、これが国の意味に転じたのだ。この場合も風景は賛美されるものだっただろう。

国見について考えている問題が一つある。

倭建《やまとたける》が東国から戻って伊吹山で死を前にして詠んだ、とされる歌の一つが国見の歌とも取れるのだ——

倭は　国のまほろば
たたなづく　青垣
山隠れる　倭しうるはし

やまとは　くにのまほろば
たたなづく　あをがき
やまこもれる　やまとしうるはし

大和は囲まれた国、山々は青い垣のように居並び、その山々に守られて、大和はうるわしい国。

問題は「まほろば」。一般にはこの「ほ」は「秀」であって優れているとか高いという意味と取られている。しかし我が敬愛する西郷信綱は「ホロ」は「ホラ」であると解く。洞、窪んだところ。この語意が盆地状の大和の景観と重なる。何よりも高いところから見ているという国見の実感を伴うところが納得を促す。

須佐之男《すさのを》の「出雲八重垣」のように古代人は垣や山で囲われていることが好きだった。大和の地形もその好みに適うのだ。

ペルシャをめぐる謎

五十年も前に母親に聞いて、それ以来ずっと気になっている詩がある——

我は塵より来たりて塵に帰る者
そはあたかも生きしことなきが如し

一行目は不確かだが、二行目はこれでまちがいない。

母は、人が生きて亡くなってその後には何も残らない、というこの思想にずいぶん共感していたが、ぼくには理解不能だった。ぼくは十七、八歳で、母は四十を少し過ぎたくらい。

若い時にずいぶん苦労したためか、晩年はあっけないほど達観してさらさらと水のように生きた。そこに至る中継点にこの詩があったのではないかと思う。

大人になってからも心のどこかでこの詩のことを覚えていた。ふと探してみようかと思った時、母がこれはペルシャの詩人と言っていたことを思いだした。それならばオマル・ハイヤームしかいない。もちろんペルシャに詩人は多いし、前に取り上げたアブー・ヌワースだってすばらしいが、一九六〇年代の日本で簡単に手に入ったとすれば、『ルバイヤート』しかないではないか。

そう考えて小川亮作の手になる翻訳を開く。

(20)

よい人と一生安らかにいたとて、
一生この世の栄耀《えよう》をつくしたとて、
所詮《しょせん》は旅出する身の上だもの、
すべて一場の夢さ、一生に何を見たとて。

うーん、思想においては謎の詩に重なる。拗ねているわけではないし、ペシミズムでもニヒリズムでもないが、すべてわかった上での淡い諦念のようなものがある。何よりも熱狂がない。ある目標に対して何がなんでもという熱い思いがない。覚めているし、醒めているし、冷めている。更に『ルバイヤート』のページを繰る。

41

一滴の水だったものは海に注ぐ。
一握の塵だったものは土にかえる。

この世に来てまた立ち去るお前の姿は
一匹の蠅——風とともに来て風とともに去る。

とても近い。塵が出てくるし、「風とともに去る」のだから後には何も残らない。「そはあたかも生きしことなきが如し」に重なる。でも母が教えてくれた詩に蠅は出てこなかったな。

それにこのクールな姿勢はそう珍しいものではない。ハムレットはあの有名な独白の中で「曽《かつ》て一人の旅人すらも帰つて来ぬ国が心元ないによつて、知らぬ火宅に往くよりはと現在の苦を忍ぶのであらう」と言う(ここは古風な坪内逍遥の訳を使った)。その国をオマル・ハイヤームはこう言う——

46

この永遠の旅路を人はただ歩み去るばかり、
帰って来て謎をあかしてくれる人はない。
気をつけてこのはたごやに忘れものをするな、
出て行ったが最後二度と再び帰っては来れない。

ペルシャに行ったことがある。

正確に言えばイランだが、ぼくはホメイニ革命より古いものばかり選んで見てあるいた。「イスファハーン・ネスフェ・ジャハーン(イスファハーンは世界の半分)」という言葉に惹かれて古都イスファハーンに行った。この町を見ればもう世界の半分を見たも同じという意味で、それほど美しい町だったのだ。

ぼくが行った時も中心になる細長い広場は本当に美しかった。長方形の池を囲む建物の軒の線がぴたりと合って、噴水はきらきらと陽光に輝く。イスラム美術のあの複雑なアラベスク模様に飾られたモスクの天井を見上げてうっとりする。

この広場の先にアリガプ宮殿という建物があって、そこで美女を描いた壁画に出会った。イスラムは偶像を嫌う。ホメイニは国中の画像をすべて消させたが、これは残っていた。ぼくは彼女を「緩やかな衣装で身体を覆ってはいるが、その中の身体は豊満だし、体軸が描く曲線が美しい。右に傾けた首と、わずかに伏せられた視線が慎ましくも色っぽい」と描写した。

オマル・ハイヤームが来世を諦めて選んだのは酒と官能の喜びだった。当然、女たちが登場する。

63

川の岸べに生え出《い》でたあの草の葉は
美女の唇から芽を吹いた溜め息か。
一茎の草でも蔑んで踏んではならぬ、
そのかみの乙女の身から咲いた花。

人は亡くなって土に還り、そこから草が伸びる。それを踏まないと言いながらそっと素足で踏むというエロティシズム。
そして美女の溜め息、吐息。
『万葉集』にこういう歌がある——

君が行く海辺の宿に霧立たば吾が立ち嘆く息と知りませ

作者はわからず、今はただ「3580」と番号が振ってあるのみ。都に残った妻が旅先の夫が恋しいと溜め息を吐く。その吐息がはるか遠くの夫の目の前の海霧となる。人は東西を隔てて同じような思いを抱くものだ。

話を『ルバイヤート』に戻そう。前にアブー・ヌワースの酒を讃える詩のことを書いた時、オマル・ハイヤームの詩も紹介したが、あれはエドワード・フィッツジェラルドの英訳を通じて西欧で広まったものだ。それをぼくが和訳して——

12

木の枝の下、一冊の詩集
壺にはワイン、一切れのパン、そしてきみ
荒野のただ中で私のために歌うきみ

そこで荒野は楽園となる

その時はこれの原詩が小川亮作訳には見あたらないと書いたが、ひょっとしてこれかもしれないと思うのが――

(98)

一壺の紅《あけ》の酒、一巻の歌さえあれば、
それにただ命をつなぐ糧《かて》さえあれば、
君とともにたとえ荒屋《あばらや》に住まおうとも、
心は王侯《スルタン》の栄華にまさるたのしさ！

翻訳の過程で意味が変わったのかもしれないが、それを誤訳と呼ぶような野暮なことはしたくない。もう一つ謎がある。ぼくが書いた「この世界のぜんぶ」という詩がどこまで『ルバイヤート』に影響されたか、自分でもわからなくなってしまったのだ。

この世界のぜんぶを
きみにあげようと思ったけれど
気がついてみれば

この世界はぼくのものではなかった

ぼくが持っているのは
この世界のほんの一部
一個のパンと一杯のワイン
それに一枚の毛布

これを二人で分けようと言ったら
きみは受け取るかい？
これだけを持って
いっしょに旅に出るかい？

足りないのなら
言葉を少し添える
実はもう添えてあるんだ
それがこの詩なのさ

いっしょに来るかい？

今すぐに効くマヤコフスキー

誕生日は、年に一度、すべての人に平等に巡ってくる。

先日、長い付き合いの友人と電話で話をしていて、ふっと「もうぼくも五十九歳だものな」と言ってしまった。

「まてまて、この七月できみは六十九歳になるのではないか」と訂正されて深く恥じ入った。その気もないのに十歳もサバを読んだのはなぜか。馬齢を重ねたくないという思いがフロイト的な言い間違いとして露呈したのだろうか。

今や青春は遥かに遠く、その分だけ眩しく見える。サマセット・モームという英国のひねくれた作家は「青春というのはほんとうにいいものだから、若い奴らにやるのはもったいない」と言った。それにうなずく歳になったたか、我も。

もう若くはないのだと思う一方で、では若いとはどういうことか、といわば開き直る。誰にも文句のつけようのないくらい若い詩を探してみよう――

ぼくの精神には一筋の白髪もないいし、

年寄りにありがちな優しさもない！
声の力で世界を完膚なきまでに破壊して、
ぼくは進む、美男子で
二十二歳。

マヤコフスキーの長詩『ズボンをはいた雲』の一節だ。小笠原豊樹の名訳。

四十七年前にこんなかっこいい啖呵が切れたらどんなによかっただろう、と老いていささかの白髪と優しさのぼくは思う。

詩はたしかに才能の産物であるが、こんなにきらきらした目映《まばゆ》い才能も珍しい。海から上げた網の中のイワシの群れのように言葉がピチピチ跳ねている(と書いたところで溜め息、この比喩はなんとも陳腐だと非才を嘆く。中村真一郎には「帆の陰に眠り光る魚のうから」という見事な一行があったが)。比喩の切れ味は才能を若さの砥石で研ぐことによって生まれる(これも比喩)。だからマヤコフスキーは、

病院のように病みついた男ども、
諺《ことわざ》のように擦り切れた女どもだ。

なんてうまいことが言えたのだろう。たった今、自分の比喩を陳腐だと言ったが、思えば諺というものはすべて使い古されて擦り切れて陳腐になった代物。新鮮な視点でそれに気付けるのが社会に新規に参入した若い奴らのアドバンテージなのだ。この長詩ぜんたいが罵倒に満ちているのも若さの勢いだ。

マクルーハンは「もしも今うまく機能していたら、それはもう時代遅れだ If it works, it's obsolete」と言った(こういう英語は訳がむずかしい。どうしても言葉の数が増えて衝撃の角が丸くなってしまう)。諺なんてみんな obsolete で、それでやっていくしかないのが若い者から老人までを含めた社会というものか。平均寿命はどんどん延びている。三十歳以下には選挙権を一人二票与えたらどうなるか。そうする前にともかく不合理きわまる小選挙区制をぶっ壊さなければならないが……ぶつぶつ、老いたる者の繰り言とは言わせない。

『ズボンをはいた雲』の刊行は一九一五年、つまりロシア革命の二年ほど前で、マヤコフスキーはもちろん政府転覆の活動に加わっていた。逮捕歴三回だったという。

彼の詩から今の状況を透かして見ようか——

見たことがありますか、
殴る人間の手を犬がぺろぺろ舐めるのを

この場面はついつい今の日本の某与党(もちろん小さい方)のふるまいに重なって見える。平和を標榜していたはずのあなたたちはどうしてそこまで変貌したのですか。標榜から変貌へ、政権党という餌はそんなにおいしいですか。

で、事態は変わるのか？　この先で、変革は、あるいはもっと踏み込んで革命は、実現するのか？

のっぽで、
助平な笑い話みたいなやつだと、
今日の種族にあざ笑われる
このぼくには、
だれにも見えない「時」が、
山を越えてくる、その姿が見える。

飢えた烏合の衆の頭領《かしら》が
みんなの視線を短く断ち切るとき、
革命の茨の冠をかぶって、
一九一六年が近づく。

ほんとかなあ、と六十九歳のぼくは考える。

二〇一六年は茨の冠をかぶって来るだろうか？

そう訝りながらも、そういうドラスティックな変化が起こることを期待しないでもない。振り子は一方に大きく振れた後では反対側にも大きく振れるものだ。

ロシア革命が世界中の貧民に与えた希望の大きさは今でも充分に想像できる。この悲惨が無限に続くわけではないという期待は、たとえば鎌倉仏教の衝撃に似たものだっただろう。あるいは二十世紀の南米における「解放の神学」とか。

レーニンの後がスターリン。『動物農場』化した革命国家は滅びた。プーチンのロシアはツァーリのロシアより……

後の世に生きる者としてそういう歴史をすべて知った上で、一九一五年のマヤコフスキーにやはり共感する。グーラグで死に追い込まれた数百万の運命を忘れないまま、しかし革命への意志を支えたいと思う。

状況はアイロニーそのものだ。

アイロニーとは知識の差に由来する感慨である。後世のぼくらはソ連という国をその末路まで知っている。一九一五年のマヤコフスキーは知らなかった。二年後に革命が実現することさえ知らなかった。ちょうど一九四一年十二月八日の日本国民が一九四五年八月十五日を知らなかったのと同じように。

しかし二十一世紀のぼくらは知っている、日の丸を振る為政者がいかに忘れたふりをしようと、ぼくらは八月十五日を忘れない。こういう断言を通じてぼくは若さに戻る。

ぼくらはきみらのそばにいて、その前ぶれだ。
苦痛のある所なら、どこにでもいるぼくだから。
涙の流れのひとしずくごとに、
われとわが身を十字架にかけたのだ。
もはや許せることは一つもなくなった。
ぼくは優しさの育まれた所で魂を焼き払った。
これは百万のバスチーユを奪取するより

はるかにむずかしい！

マヤコフスキーは読んでいて気持ちがいい。日本語で詩というと、それも現代詩などと言うと、どうも印象が暗い。狭い部屋で一人きりで黙々と一行ずつを追う感じ。しかし革命期のロシアの若い詩人はスターだった。三十六歳で亡くなった時、葬儀には数万人が参列した(自殺か謀殺か、真相を知りたければ小笠原豊樹の『マヤコフスキー事件』を読むといい)。早い話が彼はジョン・レノンだった。

詩は朗誦されるものであり共有されるものだ。ヘイト・スピーチの醜悪なメッセージを「短く断ち切る」ものだ。

「彼の詩のリズムは討論や演説のリズムであり、機械の騒音や行進のリズムである」と半世紀前に金子幸彦が『ロシヤ文学案内』で書いている。

マヤコフスキーが自分を捨てた女に向かって言う——

あなたはジョコンダだ、
盗まれるさだめの！

だから盗まれたんだ。

恋するぼくはもういちど博打《ばくち》を打ちに行こう、

眉の曲線を炎で照らしながら。
かまうもんか!
焼けおちた家にだって
時には宿なしの浮浪者が住むだろう!

それは、からかってるのか。
「乞食の小銭より少ないわ、
あなたの狂気のエメラルドは」
おぼえておきなさい!
ポンペイが滅びたのは、
ヴェスヴィオを怒らせたからだ!

これを大声で読んで、ぼくは十歳くらい若返ったかもしれない。みなさん、宜しければご一緒に。

天井桟敷のプレヴェール

ジャック・プレヴェールの詩が嫌いだという人はめったにいない。例えばこんな詩――。

三本のマッチを一つずつ擦ってゆく夜の闇
　一本目は君の顔全体を見るため
　　二本目は君の目を見るため
　　最後の一本は君の口を見るため
あとの暗がり全体はそれをそっくり思い出すため
　　　君を抱きしめたまま。

この詩には Paris at night と英語のタイトルがついている。しゃれていて余韻がある。アンデルセンの「マッチ売りの少女」を思い出すのもいいが、ここにあるのは幸福感だけだ。

プレヴェールの詩は詞でもある。「枯葉」などシャンソンになったものが多くて、実際この Paris at night にもジョゼフ・コスマが曲を付けている。

歌詞はわかりやすくなくてはいけない。文字には頼れないし読み返すこともできない。曲が流れてゆく短い間にすべての意味が聴く者に伝わらなければならない。

プレヴェールには長い詩が多いのだが、バラードのようにストーリー性があるから曲をつけても充分に楽しめる。ギターの弾き語りのスタイルにも合う。例えばサンジェルマン・デプレのカフェで次の詩をダミアがけだるく歌ったら……

朝の食事

あのひとは　コーヒーを
茶碗についだ
あのひとは　ミルクを
コーヒー茶碗についだ
あのひとは　砂糖を
ミルクコーヒーに入れた
小さなさじで
あのひとはかきまわした
あのひとはミルクコーヒーを飲んだ
それから茶碗を置いた
あたしに口もきかずに
あのひとは　煙草に

火をつけた
あのひとは　煙で
輪を吹いた
あのひとは　灰皿に
灰を落した
あたしに口もきかず
あたしに目もくれずに
あのひとは立ち上った
あのひとは
帽子をかぶった
あのひとは
レインコートを着た
雨だったから
そして　あのひとは出て行った
雨の中を
ひとことも口をきかず
あたしに目もくれずに
それから　あたし
手に顔を埋めて

泣いたの。

ここまでの二つは安藤元雄の訳。

短い行を重ねてリズムを作る。同じ言葉の繰り返しでそれを強める。読んでもいいけれど聴けばもっといいだろう。

こういう詩の場合は歌うとしても歌詞と節はつかず離れずで、だからギターの弾き語りなどがふさわしいと思う。

歌を作る時に詞と曲のどちらが先かは大きな問題だ。ぼくは池辺晋一郎(畏友と呼ぼう)と組んで合唱組曲を十くらい作った。この時は詞が先だったから、できるだけ耳で聞き取れる言葉を並べるくらいでそれ以上の苦労はなかった。

今年(二〇一四年)になって初めて曲が先行の作詞をした。曲を作ったのは伊藤ゴローで歌うのは原田知世。これはむずかしい。言葉のイントネーションをメロディーに合わせなければならない。そのためにはデモ・テープを聴きながら楽譜を読まなければならない。楽譜なんて何十年も開いたことがなかった。もしもあなたが原田知世か伊藤ゴローかぼくのファンだったら、「名前が知りたい」を聴いてみてください。

ぼくの世代の者にとってプレヴェールはまずは映画『天井桟敷の人々』の脚本家である。

なんであの映画にあんなに夢中になったのだろう?

初めて見た時、家に帰ってすぐ記憶を辿ってシナリオを再録したのを覚えている。大判のレポート用紙に全場面の台詞とト書きを再現する。
先日会った友人がテニスの怪我で目のまわりに青あざを作っていた。そこですぐ『天井桟敷の人々』の一場面と台詞を思い出す。名優フレデリックが喧嘩で目を殴られ黒い眼帯をして劇場に来る。無能な三人組の脚本家(三人がユニゾンで喋る)が「役者のくせにその眼帯は見苦しい」と言うとフレデリックは「眼帯の下の目はもっと見苦しい」と応じる。
こういう台詞を書いたのがプレヴェールだった。才気とはこういうものかと思った。フランスは戦争の最中にこういう映画を作る国かとも思った。

社交的でみんなに好かれる人だったらしい。伝記には一九三〇年代から六〇年代までのフランスの詩人や作家や画家の名がずらりと出てくる。都会には朋友の輪がうまく作られる時期というものがある。ぼくが知っているもう一つの例は一九五〇年代のギリシャだ。作曲のマノス・ハジダキス、詩人のニコス・ガッツォス、画家のミノス・アルギラーキスなどなどすごい人たちがアテネのカフェに集まっていた。ウィーンにだってそういう時期があったし、たぶん東京にもあったのだろう。

美しい季節

腹ぺこで　道に迷って　体は冷えて
ひとりぼっちで　一文なしの
ちいさなむすめ　年は十六

身じろぎもせずに立つ
コンコルド広場
八月十五日正午。

これは小笠原豊樹の訳。
最近では高畑勲の訳がいい。とりわけ奈良美智と一緒に作った『鳥への挨拶』は座右に置くべき。例えば――

灯台守は鳥たちを愛しすぎる

鳥たちが幾千羽となく火に向かって飛ぶ
幾千羽となく落ち　幾千羽となくぶつかる
幾千羽となく目を眩まされ　幾千羽となく気絶して
幾千羽となく死ぬ

灯台守はこんなことには耐えられない
鳥たちを彼はひどく愛している
そこで言う　しょうがない　やっちゃおう！

灯台守はあかりをみんな消す

遠くで　一隻の貨物船が難破する
島々を回ってきた貨物船
鳥たちを積んだ貨物船
幾千羽もの鳥の鳥
幾千羽もの鳥が溺れる。

この詩がいやに現代的で生々しいのは、風力発電とバード・ストライクという問題に重なるからだ。大きな風車を回して電気を作るのはいいが、渡り鳥がぶつかって死ぬことを鳥を愛する人たちは心配する。それに対して、都会の高層ビルや、空港から飛び立つ飛行機、更には火力発電などによる温暖化の方がずっと多くの鳥を殺しているという反論もある。

そういう議論をするのに最適なのがパリのあの路上や広場のカフェではないのか。バード・ストライクについてプレヴェールさんの熱弁を聞いてみたい。

青春と青年と中原中也

中原中也について話してくれませんか、と山口市の中原中也記念館から乞われた。これが宮澤賢治ならば二つ返事なのだが、中也となるとちょっと考える。それでも昔あんなに読んだのだし、勉強すればなんとかなると思って受けた。無責任と叱られるかしら。

中也さんは切ない。やるせない。

若くて自分がまだ何者とも知れない時期に、その宙に浮いたような頼りない不安感を中也さんは言葉にしてくれた。

修羅街輓歌　IIII

いといと淡き今日の日は
雨蕭々《せうせう》と降り洒《そそ》ぎ
水より淡《あは》き空気にて
林の香りすなりけり。

げに秋深き今日の日は
石の響きの如くなり。
思ひ出だにもあらぬがに
まして夢などあるべきか。

まことや我は石のごと
影の如くは生きてきぬ……
呼ばんとするに言葉なく
空の如くははてもなし。

それよかなしきわが心
いはれもなくて拳《こぶし》する
誰をか責むることかある?
せつなきことのかぎりなり。

これがそのまま自分の心情だった時期があるのは認めるが、実はあまり思い出したくない。気恥ずかしくてみっともなくて、どういう顔をしていいかわからない。ましてそれを小説などに書くなど到底できることではない。

そういう時期を青春と呼び、そこにある者を青年と呼ぶ。

青春は春だ。その先に朱夏、白秋、玄冬と続くのでわかるとおりただ季節の一つである。古代の中国人が考案した色と季節の組合せ。この変化を人生に当て嵌めて若い時期を指すことになった。

実は、若いということに格別の意味が生じたのは明治期からで、青春もそれ以来の流行語である。江戸時代には若い奴というのは未熟者、青二才、半人前、若造でしかなかった。自分自身いずれなんとかなると思っていたから煩悶などしなかった。

明治維新で世の中が改まり、世間の重心が若い方へシフトした。頑迷固陋の老人には文明開化は担えない。維新という名のクーデタを実行したのは若者たちだったし、その後で社会機構を作った面々も若かった(権力を得て彼らがたちまち保守化したとしても)。

そういう機運の中へ十九世紀のヨーロッパ文学が流れ込んだ。これがまた若いことに価値を置く例外的な時代だった。革命からナポレオンを経て結局は王政復古に終わったフランスの歴史が、不完全燃焼の不満を文学で表現しようとロマン主義を生んだ。

この百数十年、日本人が慣れ親しんだのはみな若いヨーロッパ文学である。スタンダールも、ドストエフスキーも、ディケンズも青年を書いた。ジュリアン・ソレルとファブリス、アレクセイ・カラマーゾフとラスコーリニコフ、デヴィッド・コパーフィールド……主人公は若者ばかりだ。ゲーテでさえもてはやされたのはファウストではなくウェルテルだった。詩の方ではキーツとシェリーとバイロンを挙げておこうか。中也さんが訳したランボーもこの範疇に収まる。

対照のために十八世紀までを見れば、ヨーロッパ文学はドン・キホーテ、ガルガンチュア、ガリヴァー、などなど成熟した大人が主役を担う話が主流だった。若い未熟な者の煩悶などそもそも書くに価するテーマではなかった。

そちらの方が文学の本道ではなかったのか、と言ったのが『ヨオロッパの世紀末』を書いた吉田健一。それを受けて青春文学・自然主義私小説に背を向け、若者を主人公としながら大人の小説である『笹まくら』を書いたのが丸谷才一。そのおかげで日本の文学は青春の呪縛から解放された。成果はここ二十年の芥川賞の作品を見ればわかるだろう。

ヨーロッパではジョイスとプルーストが文学を本来の姿に戻した。ガルシア＝マルケスは青春とは無縁である。アメリカ文学だけが『キャッチャー・イン・ザ・ライ』なんて言って未だ青春に悶々としている。清教徒のイノセンスは始末が悪い。

話をもとに戻せば、明治以降の長い時期、青春は現実であり、青年たちは悩んだ。鷗外に『青年』という作品があり、漱石は『三四郎』というタイトルを選ぶ前にやはり『青年』を候補の一つとしていたという。

かつて若い人々はみな青春をこじらせた。速やかに抜け出すべき時期なのに(蛹は時がくれば間違いなく羽化する)、そこでぐずぐずと思い悩み、何よりもそれが人生に対する誠実な態度だと思い込んだ。誠実もまたキーワードである。自分が誠実に悩んでいれば世間はその誠実さ故に猶予を与えてくれる。そういう甘えがあって、実際に世間はそれを許したのだろう。『伊豆の踊子』は主人公が旧制高校の生徒という特権的な地位にあるからこそ成り立った話である。中也さんだって我がまま放題、家からの送金で暮らしを支えていた。藤村も太宰も地方の名家の出だった。

漱石は江戸の人だったが鷗外は石見の津和野出身。この対比が近代日本文学史を貫いている。地方から首都に出て名を成した文学者が大半なのがこの百五十年ではなかったか。

成功に手が届かずに郷里に帰る者もいる。

中也さんは帰ろうとした矢先に鎌倉で亡くなった。戻る故郷は優しいかもしれないが、しかし帰郷は敗北を認めることだ。

帰郷

柱も庭も乾いてゐる
今日は好い天気だ
　縁の下では蜘蛛《くも》の巣が
　心細さうに揺れてゐる

山では枯木も息を吐く
あゝ今日は好い天気だ
　路傍《ばた》の草影が
　あどけない愁《かな》しみをする

これが私の故里《ふるさと》だ
さやかに風も吹いてゐる

心置なく泣かれよと
年増婦《としま》の低い声もする

あゝ　おまへはなにをして来たのだと……
吹き来る風が私に云ふ

読んでいてやっぱりちょっと恥ずかしい。七五調でリズムがよくて、それを武器に心の奥までずかずか進入してくる。これは歌謡曲と同じ原理であって、中也さんは北原白秋に学んだのだろう。白秋は歌謡曲の達人、その後に西條八十を置いてみればよくわかる。中也さんの詩もそれくらい国民に広く共有される心情だった。

最後の青春派は小林秀雄だったかもしれない。

冒頭にぼくは「勉強しなければ」と書いたが、具体的にはそれは三浦雅士の『青春の終焉』という名著を精読することだった。その一ページ目に三浦は、「さらば東京！　おゝわが青春！」という中也さんが亡くなる一か月前に記した文を引いた後で、四半世紀後の小林秀雄のこういう発言を紹介する——

「還暦を祝はれてみると、てれ臭い仕儀になるのだが、せめて、これを機会に、自分の青春は完全に失はれたぐらゐのことは、とくと合点したいものだと思ふ」

六十歳になってまだ青春なのか。あなたが書いてきたものはすべてその路線上にあったのか。気負いと大言壮語の文体もその故だったのか。

小林の身近にいた大岡昇平は青春に未練を残しつつも速やかに成熟して大人の文学を書いた。戦争体験が彼をそちらへ押しやった。吉田健一ははじめから十八世紀ヨーロッパを継承するつもりだったし、その成果をぼくたちは享受している。

で、青春と青年はどうなったか？　三浦が言うとおりこの言葉は一九六八年を境に使われなくなった。青年実業家というのは金持ちで老人でない者。だから女優のお相手候補になる。

若者は成熟など目指さず、煩悶することもなく、ネオテニーを体現してヤンキーかオタクかのどちらかになっている。

桜児と三重の采女《うねめ》

話のはじまりは、ぼくの父（福永武彦）が昭和十一年の春、まだ旧制高校の生徒だった時に書いた詩だ。

　　そのかみ

むかし
馬酔木《あしび》の花にうつろひ
にほひは寧楽《なら》を遠く流れた

妹《いも》わびしらにいくそ度か虹のうち
夏野の草　いろこ雲　暮れはてる
ああ　あそこまでどの位……
濡れた黒髪は風に揺れよう
かぼそくも桜児に想ひはしづんで
きららかな快執《けしふ》は二人の腕をつるぎにも

櫟《くぬぎ》の林はしじまだつたし
黄葉《もみぢば》は吹きつもつて
をとめは空蟬《うつせみ》　かへつてこない
桜児は挿頭《かざし》にもならないで散つてしまつた

＊
＊＊

その日日も四季はしづかに寧楽にめぐり
時は馬酔木のにほひのなかに

この詩、若い時はよくわからないまま転調を続けるイメジャリーと音韻を心地よく読んだ。初めて目にしたのはこれを書いた時の父と同じ十八歳くらいだったし、こういうものが詩だとすればとても自分には手が出ないと思った。詩だって小説だって、人のものを読んで感心している間は何も書けない。無学なまま歳ばかりとったあげく、最近になってようやく『万葉集』を読みはじめた。佐佐木信綱編者の岩波文庫を開いて、横に折口信夫の『口訳万葉集』を置いて、その他の参考書も用意して、おずおずと読み進む。

巻第十六まで進んだところで、「桜児伝説」に出会った。

折口の訳で見てみよう――

□昔処女《おとめ》があった。名を桜ノ児と言うた。その娘を妻にしようと競争した二人の男があったが、その命懸けの覚悟で競うのを見た娘は、一人の女が、二軒の家の嫁となった例《ためし》はない。それにこの頃の模様では、とても二人が心から融《と》け合うということはない。妾《わたし》さえ死なば、二人の敵意も、永久に消え失せるだろうと考えて、林の中に入りこんで、樹に下《さが》って縊《くび》れ死んだ。そこで二人の男は、泣く音も出ない程に悲しんで、血の涙を零《こぼ》しながら、めいめいその心持ちを陳《の》べて作った歌。二首

春さらば、かざしにせむと我が思《も》ひし、桜の花は、散りにけるかも
春になったら頭飾りにしよう、と思うていた桜の花は、散ってしもうたことだ。(自分の物としよう、と思っていた桜ノ児は、とうとう死んでしもうた。)

妹《いも》が名にかけたる桜。花咲かば、常にや恋ひむ。弥年《いや》のはに
いとしい人の名前に、名づけてあった桜の花が、年々にこの後も咲くだろうが、その花が咲く毎《ごと》に、いつもいよいよ思い出して、焦《こが》れることであろう。

(それぞれ3786と3787)

そうか、桜児はこれに由来するのか。当の父は後に「「そのかみ」は万葉集に拠つてゐるが、それまでに私はまだ奈良に行つたこともなかつた」と書いている。しかし詩が詩を生むのは当然のことだと今のぼくは思う。和歌から詩への本歌取りであり、ここで寧楽=奈良は歌枕だ。

さて、桜児のこと、これはもうすっかり歌物語である。題詞はいきさつを充分に伝えているし、二人の男の歌が並んでいるあたり構成もうまくできている。桜が散ることを嘆く「春さらば」の歌がまずあって、二人の男に求婚されて思い詰められたあげく死を選んだ娘の伝説があって、この二つを結びつけた後で「妹が名に」の歌が詠まれたのではないか。どうもこちらの歌は説明的に思える。

この列島に住む人々は昔から桜が好きだった。梅も桃も梨もあったろうに、『古事記』の木花之佐久夜毘売《このはなのさくやびめ》以来ずっと桜に夢中だった。咲く時は喜び、散る時は惜しむ。惜しむ自分の感傷を楽しんでいるわけで、その分だけ情緒が深まる。『万葉集』の中だけで見るといちばん歌われた花は萩で、次が梅、桜は三番目だそうだが、その後の歴史では『義経千本桜』まで人々が好んだのは圧倒的に桜だろう。

などと考えながら、なおも巻第十六を渉猟する。アンソロジーは多様な詩の束だから好き勝手に拾い読みすることができる。

もう一つ歌物語を見つけた——

朝香山影さへ見ゆる山の井の、浅き心を我が思はなくに
朝香山なる山の井よ。それは、人の姿まで映る程、清い井であるが、その泉のように、浅い軽薄なことは、私は思うてもいません。
この歌は、伝説に葛城ノ王が、陸奥ノ国に使せられた時、国司や接待の役人の行き届かぬ処が多かったので、王は御不快で、怒りの顔色が見えた。それで飲食物を出しても、それに手をつけようと

せられなかったところが、以前采女《うねめ》となって、都に出ていた優美な処女がいて、左手に盃を捧げ、右手に水を容れた器を持ちながら、王の膝元に進めて、この歌を詠んだので、王の心持ちも解けて、終日楽しく宴飲をせられた、と言うことである。（3807）

これもうまくできた話だ。

葛城王（橘諸兄）が行った先が陸奥。いかにも辺境で、そこの役人たちが貴人の接待になど慣れていなかったため、行き違いが多くて王は不機嫌になった。そこに登場するのが采女として都に行った経験がある美女で、都の文化を知っていたから歌に寄せて巧みに王の不興を宥めた。この夜、王は彼女と共寝したという含意を読み取ってもいいだろう。

朝香山《あさかやま》ないし安積香山《あさかやま》は福島県郡山市の小さな地名で、もとの和歌はこのあたりの民謡だったのではないか、という説が別書にある。そうだとすると左注は葛城王にこと寄せて後から作られたことになる。

これを読んでぼくは『古事記』のあるエピソードを思い出した。

雄略天皇の時、宮中の宴会で三重から来た采女が大きな盃を捧げ持って天皇の前に進み出た。宴会の会場は屋外で、大きな槻《つき》つまり欅《けやき》の木があって、枝を伸ばし葉を茂らせていた。運ぶ途中でその槻の葉が一枚、盃の中にひらりと落ちた。目より高く盃を捧げ持っていた采女はそれに気付かぬまま、天皇の前に盃を置いた。

葉を浮かべた盃を見て天皇は無礼であると言っていたく怒り、その場に采女を押し倒して首に刀を当てて殺そうとした。

なにしろ雄略は古代の天皇の中でも武烈に次ぐ乱暴者として知られていたから、この話にもリアリティーがある。
　そこで采女はとっさに「私を殺さないで下さい。申し上げたいことがあります」と言って歌を詠んだ。その歌をぜんぶ引用できればいいのだが、いかんせん長歌だからここに収まらない。内容をかいつまんで記せば、彼女はまずこの宮廷を誉め、そこに枝を張る槻の木を誉め、その後で——

……………

あり衣の　三重が子が
捧がせる　瑞玉盞《みづたまうき》に
浮きし脂　落ちなづさひ
水こをろこをろに　是しも　あやに畏し

……………

　つまり、その葉の一枚が三重から来た采女である私の盃に落ちて浮いたさまはまるで、イザナキとイザナミが天と地の間に架かった天浮橋《あめのうきはし》に立って、天沼矛《あめのぬぼこ》を下ろして「こおろこおろ」と賑やかに掻き回すと滴った塩水が島になった時のよう……と天地創造の故事を引いて歌にしたのだ。これによって采女の失態は赦された。
　『古事記』と『万葉集』、成立は半世紀しか違わない。同じ空気の中にあったのだから同じような話があるのはあたりまえなのだろう。

あとがき

『図書』という由緒ある優雅な雑誌に軽いエッセーの連載をと誘われて、さて何をテーマにするかと考えた。二〇一一年の暮れのことだ。

身辺雑記を書いて様になるほど余裕のある日々ではない。そもそもあの年は東北の被災地に通い詰めだった。他に知ったこともないから文学と安直に考えたが、小説についてはずっと書いていた「世界文学リミックス」というコラムが終わったところで、たぶん新しい話題がない。

それでは詩にするかと思ったのだが、実のところこれも自信がなかった。自分の人生において詩はどれほどの位置を占めてきたか、振り返ればまこと心許ないのだ。若い時には詩を書いたけれど最近では実作の量はぐんと減っている。読んできた分量も決して多くはない。詩人の友人たちはみな輝いて見える。

こういう時はむしろ制限を課した方がうまくゆく。幸いにも『図書』の背後には岩波書店があり、岩波文庫は詩の宝庫である。そこで岩波文庫で詩を読むという基本方針を立てた。これで一年くらいはなんとかなるだろう。

それがもう四年も続いている。それはもちろん岩波文庫の豊饒のおかげである。最近はちょっとはいんちきをして無縁なものを取り上げることも許してもらっているけれど。

この連載がまだ失速していない理由がもう一つあって、それが『日本文学全集』(全三十巻、河出書房新社)の編集。こういうものをぼく一人で編集すると決めて必死で営々と進めてきた。そもそもが無知蒙昧を承知の暴挙だから、日々の勉強の量が半端でない。おかげで日本の詩歌について少しは見聞が増え、それがこちらにも溢れ出している。こんな展開になるとは初回の頃は思いもしなかったのだが。

そして、やはり、詩はなぐさめなのだ。それは「楽な時の俳句、辛い時の俳句」の章が証明している。先日、東欧の日本文学研究者たちの会合の席で「春の星こんなに人が死んだのか」を披露して参加者の何人かを泣かせた(場所はベオグラード)。詩にはそういう力がある。

この本には三十三回までの分を収めたが、連載の方は四十四回を超えてまだ続いている。もう一冊分まではあと何年だろう。

二〇一五年十一月　札幌

池澤夏樹

本書で扱った書籍一覧（＊は岩波文庫）

I

イェイツの詩と引用の原理

『古今和歌集』佐伯梅友校注　＊

ヴィスワヴァ・シンボルスカ『終わりと始まり』沼野充義訳、未知谷、一九九七年

『対訳　イェイツ詩集』高松雄一編　＊

岑参の「胡笳の歌」と憧れの原理

丸谷才一『梨のつぶて　文芸評論集』晶文社、一九六六年

『唐詩選』(全三冊)前野直彬注解　＊

『李白詩選』松浦友久編訳　＊

ギリシャの墓碑銘と戦争論

『ギリシア・ローマ抒情詩選――花冠』呉茂一訳　＊

ヘロドトス『歴史』(全三冊)松平千秋訳　＊

ローマの諷刺詩と女嫌い

『ギリシア・ローマ抒情詩選――花冠』呉茂一訳　＊

ペルシウス／ユウェナーリス『ローマ諷刺詩集』国原吉之助訳　＊

『ギリシア恋愛小曲集』中務哲郎訳　＊

ヘレン讃歌、ならびにポーの訳のこと

『アメリカ名詩選』亀井俊介・川本皓嗣編　＊
エドガー・アラン・ポオ『ポオ　詩と詩論』福永武彦訳、創元推理文庫
川本皓嗣『アメリカの詩を読む』岩波セミナーブックス、一九九八年
ウラジーミル・ナボコフ『ロリータ』若島正訳、新潮文庫
E・ポオ、O・ワイルド『ポオ詩集・サロメ』日夏耿之介訳、講談社文芸文庫

『玉台新詠集』と漢詩のやわらかい訳

『六朝詩選俗訓』江南先生訓訳、都留春雄・釜谷武志校注、平凡社東洋文庫
『玉台新詠集』(全三冊)鈴木虎雄訳解　＊
『雅歌――古代イスラエルの恋愛詩』秋吉輝雄訳、池澤夏樹編、教文館、二〇一二年
『井伏鱒二全詩集』　＊

秋の歌と天使の歌

『リルケ詩集』高安国世訳　＊
リルケ『ドゥイノの悲歌』手塚富雄訳　＊
リルケ『マルテの手記』望月市恵訳　＊
『トルストイ民話集　人はなんで生きるか　他四篇』中村白葉訳　＊

詩から詩へ、あるいは母と父の詩など

石川淳『白描』集英社文庫
『フランス名詩選』安藤元雄・入沢康夫・渋沢孝輔編　＊
『ボオドレール　悪の華』鈴木信太郎訳　＊

唐詩の遠近法とゴシップ的距離

『ボードレール全集　第一巻』福永武彦編、人文書院、一九六三年
『やがて麗しい五月が訪れ　原條あき子全詩集』池澤夏樹編、書肆山田、二〇〇四年
『福永武彦全集第一三巻　詩』「海の旅」新潮社、一九八七年
『唐詩選』(全三冊)前野直彬注解　＊
『李白詩選』松浦友久編訳　＊
宇野直人『漢詩の歴史——古代歌謡から清末革命詩まで』東方書店、二〇〇五年

この妻にこの夫、あるいは英雄の不在とT・S・エリオット

池澤夏樹『アトミック・ボックス』毎日新聞社、二〇一四年
ヘレン・マッキネス『ザルツブルグ・コネクション』永井淳訳、角川文庫
ギルバート・ハイエット『西洋文学における古典の伝統』(全二冊)柳沼重剛訳、筑摩叢書、一九六九年
T・S・エリオット『荒地』岩崎宗治訳　＊

楽な時の俳句、辛い時の俳句

『蕪村俳句集——付 春風馬堤曲 他二篇』尾形仂校注　＊
『芭蕉　おくのほそ道——付 曾良旅日記　奥細道菅菰抄』萩原恭男校注　＊
照井翠『句集　龍宮』角川書店、二〇一三年

II

李賀の奔放と内省

『李長吉歌詩集』(全二冊)鈴木虎雄注釈　＊

『李賀歌詩編』(全三冊)原田憲雄訳、平凡社東洋文庫
『古今和歌集』佐伯梅友校注　＊

きみを夏の一日にくらべたら……

『シェイクスピア全集7　リチャード三世』松岡和子訳、ちくま文庫
シェイクスピア『ソネット集』高松雄一訳　＊
『訳詩集　葡萄酒の色』吉田健一訳　＊

何ひとつ書く事はない

『自選　谷川俊太郎詩集』＊

戦闘的な詩人たち

パブロ・ネルーダ『ネルーダ最後の詩集――チリ革命への賛歌』大島博光訳、新日本文庫
パブロ・ネルーダ『マチュピチュの頂』野谷文昭訳、書肆山田、二〇〇四年
『中野重治詩集』＊

西脇さんのモダニズムとエロス

和田悟朗『句集　風車』角川平成俳句叢書、二〇一二年
『西脇順三郎詩集』那珂太郎編　＊
『シェイクスピア全集1　ハムレット』松岡和子訳、ちくま文庫
『あむばるわりあ　西脇順三郎詩集』東京出版、一九四七年

隣国の詩と偏見と

『朝鮮民謡選』金素雲訳編　＊
『朝鮮童謡選』金素雲訳編　＊
『朝鮮詩集』金素雲訳編　＊

批評としての翻訳

『訳詩集 葡萄酒の色』吉田健一訳 ＊

李白からマーラーまでの二転三転

『李白詩選』松浦友久編訳 ＊

酒と詩とアッラーの関係について

アブー・ヌワース『アラブ飲酒詩選』塙治夫編訳 ＊

オマル・ハイヤーム『ルバイヤート』小川亮作訳 ＊

『吉田健一集成8 短篇小説』新潮社、一九九三年

『李白詩選』松浦友久編訳 ＊

歓喜から自由へ

『手塚富雄全訳詩集1 ゲーテ、シラー』角川書店、一九七一年

詩と散文、あるいはコロッケパンの原理

『古事記』倉野憲司校注 ＊

西郷信綱『古事記注釈』(全八巻)ちくま学芸文庫

『歌物語 オーカッサンとニコレット』川本茂雄訳 ＊

III

奄美民謡、おもろと琉歌

島袋盛敏・翁長俊郎『標音評釈 琉歌全集』武蔵野書院、一九六八年

『おもろさうし』(全二冊)外間守善校注 ＊

おずおずと鬼貫へ

高野ムツオ『句集 萬の翅』角川学芸出版、二〇一三年

『鬼貫句選・独ごと』復本一郎校注 *

『拾遺和歌集』武田祐吉校訂 *

竹内玄玄一『俳家奇人談・続俳家奇人談』雲英末雄校注 *

中村真一郎『木村蒹葭堂のサロン』新潮社、二〇〇〇年

ブレイクのリズムと思想

『ブレイク詩集』寿岳文章訳 *

『宮沢賢治詩集』谷川徹三編 *

『対訳 ブレイク詩集――イギリス詩人選(4)』松島正一編 *

三好達治の音韻のセンス

三好達治『詩を読む人のために』*

伊良子清白『詩集 孔雀船』*

『北原白秋詩集』(全二巻)安藤元雄編 *

『藤村詩抄』島崎藤村自選 *

『三好達治詩集』桑原武夫、大槻鉄男選 *

舞姫たちのなめらかな肌は……

『日本古典文学大系〈第七二〉 菅家文草 菅家後集』川口久雄校注、岩波書店、一九六六年

中村真一郎『遠隔感応』新潮社、一九六九年

大岡信『詩人・菅原道真――うつしの美学』岩波現代文庫

『王朝漢詩選』小島憲之編 *

倭は　国のまほろば

『古事記』倉野憲司校注　＊

『日本文学全集二　口訳万葉集／百人一首／新々百人一首』池澤夏樹＝個人編集、河出書房新社、二〇一五年

『古典基礎語辞典——日本語の成り立ちを知る』大野晋編、角川学芸出版、二〇一一年

ペルシャをめぐる謎

オマル・ハイヤーム『ルバイヤート』小川亮作訳　＊

『万葉集』(全五冊)佐竹昭広、山田英雄、工藤力男、大谷雅夫、山崎福之校注　＊

今すぐに効くマヤコフスキー

『マヤコフスキー叢書　ズボンをはいた雲』小笠原豊樹訳、土曜社、二〇一四年

小笠原豊樹『マヤコフスキー事件』河出書房新社、二〇一三年

金子幸彦『ロシヤ文学案内』岩波文庫別冊2、一九六一年

天井桟敷のプレヴェール

『フランス名詩選』安藤元雄・入沢康夫・渋沢孝輔編　＊

ジャック・プレヴェール『プレヴェール詩集』小笠原豊樹訳、マガジンハウス、一九九一年

『ジャック・プレヴェール　鳥への挨拶』高畑勲編・訳、奈良美智絵、ぴあ、二〇〇六年

青春と青年と中原中也

『中原中也詩集』大岡昇平編　＊

三浦雅士『青春の終焉』講談社学術文庫

桜児と三重の采女

『福永武彦全集第一三巻　詩』新潮社、一九八七年

『白文　万葉集』（全二冊）佐佐木信綱編　＊

『日本文学全集二　口訳万葉集／百人一首／新々百人一首』池澤夏樹＝個人編集、河出書房新社、二〇一五年

『古事記』倉野憲司校注　＊

池澤夏樹

1945年生まれ．作家，詩人．
翻訳，書評，小説，エッセー，評論など多岐にわたって活躍．『スティル・ライフ』で芥川賞，『マシアス・ギリの失脚』で谷崎潤一郎賞，『花を運ぶ妹』で毎日出版文化賞などのほか，河出書房新社での個人編集「世界文学全集」では毎日出版文化賞，朝日賞などを受賞．著書に『カデナ』『氷山の南』『セーヌの川辺』『アトミックボックス』など多数．

詩のなぐさめ

2015年11月25日　第1刷発行
2018年7月13日　第4刷発行

著　者　池澤夏樹《いけざわなつき》

発行者　岡本　厚

発行所　株式会社 岩波書店
〒101-8002 東京都千代田区一ツ橋2-5-5
電話案内 03-5210-4000
http://www.iwanami.co.jp/

印刷・理想社　カバー・半七印刷　製本・牧製本

© Natsuki Ikezawa 2015
ISBN 978-4-00-061083-4　　Printed in Japan

文明の渚　池澤夏樹著　岩波ブックレット　本体　五〇〇円

無地のネクタイ　丸谷才一著　B6判変型一九二頁　本体一四〇〇円

ヒマ道楽　坪内稔典著　四六判二二四頁　本体一九〇〇円

漱石の漢詩を読む　古井由吉著　四六判変型一七八頁　本体二〇〇〇円

詩とことば　荒川洋治著　岩波現代文庫　本体　八六〇円

岩波書店刊

定価は表示価格に消費税が加算されます
2018年6月現在